KB053035

시간을
삼킨
아이

시간을 삼킨 아이

중증 장애아 한빛이와
아빠의 좌충우돌 성장기

최석윤 지음

시간을 삼킨 아이

추천의 글 __ 모두 행복한 세상 7

들어가며 __ 한빛, 삶을 선택하다 11
　　　　　　한빛, 세상과 마주하다 17

나오는 사람들 __ 3인 3색 23

2005년 __ 울트라 슈퍼 파워, 최한빛

의무 교육의 '의무' 33 | 새벽의 비명 소리 36 | 한빛, 가출하다 38 | 배정은 선생님, 우리 가족의 산타클로스 42 | 지하철 투어 46 | 뇌 수술을 받다 49 | 삐치는 시늉도 재주다 53 | 잘 놀고 와서 포악을 떨다 55 | 한빛이 시대는 가고 59 | '아직은' 위험하지 않다? 62 | 모처럼의 나들이 65 | 자유다! 자유!! 68 | 할아버지와 손자 72 | 어린이집 선생님들께 74 | 방귀 뀌다 응가를? 78 | 아침에 만나는 아짐 80 | 크리스마스트리가 정말 싫다 83 | 한빛이는 마징가 제트 87

2006년 __ 두 번째 졸업식

다시 어린이집으로 91 | 한빛이의 첫 기차 여행 96 | 할머니 100 | 노래를 좋아하는 아이 104 | 입학 '전야' 107 | 2006년 마지막 정기 검진 109 | 졌다! 졌어!! 114

2007년 __ 한빛이도 학교에 갑니다

최한빛 수난기 119 | 첫 담임선생님 123 | 느긋한 등굣길 128 | 교실 풍경 131 | 봄날, 산책을 하다가 134 | 어울림에 대해서 138 | 친구 만들기 142 | 한빛이는 유명 인사 145 | 매일, 버거운

걸음으로 148 | 학교가 파한 뒤에는 어쩌지? 150 | 아침에 만나는 아이 152 | 그 걸음걸음 세상으로 향해 간다면 156 | 쉼 없는 전쟁 159 | 응급실로 달려라 162 | 감정의 롤러코스터 166 | 또 다른 학기를 시작하며 교육의 의미를 생각하다 170 | 내가 너무 예민한가? 174 | 한바탕 소동이 나다 179 | 수영장에서 생긴 일 182

2008년 __ 벽은 여전히 높고 단단하다

2학년이다! 187 | 피곤한 한빛이 190 | 모두에게 시간이 필요하다 194 | 활동 보조 서비스를 받다 198 | 돌발 행동 하는 아이 203 | 병원에서 208 | 지금까지처럼 앞으로도 211 | 벽은 여전히 높고 단단하다 215 | 아이들, 반응을 보이다 220 | 병원에서 신세 한탄을? 224 | 답은 의외로 간단하다 227 | 내복은 한빛이를 지켜주는 갑옷 230

2009년 __ 한빛이 때문에 웃어요

지금처럼 지내면 더없이 좋겠는데 235 | 몸살을 앓는 컴퓨터 239 | 두근두근 3학년 241 | 대화하기 244 | 한빛이 친구 혜신이 247 | 봄소풍 251 | 아이들을 집에 초대하다 254 | 피터 팬 아빠, 오스카 아들 257 | 학교가 아이에게 맞춰주지 못할 때 260 | 따로 또 같이, 우리 가족의 1박 2일 264 | 3학년도 절반이 지났다 267 | 가을을 기다리며 271 | 내가 웃는 게 웃는 게 아니야 274 | 정신없다! 정신없어!! 278 | 느긋하게, 흐르는 대로 282 | 두 번의 여행 285 | 아이들에게서 듣다 290 | 마음이 아프다 294 | 웃고 살기에도 시간이 부족하다 297

마치며 __ 나에게는 꿈이 있습니다 302

모두 행복한 세상

필자에게서 추천사를 부탁 받았을 때 무심코 하겠다고는 했지만, '내가 추천사를 쓸 자격이 있을까' 망설였던 것도 사실이다. 하지만 망설임 가운데 이 글을 쓴 데는 나 또한 필자와 동시대를 살아가면서 장애를 가진 아이를 기르고 있고, 이 책도 장애아를 키우는 부모와 가족들의 살아 있는 이야기라는 점 때문이다.

필자와의 인연은 2004년으로 거슬러 올라간다. 당시는 장애인 교육권 문제가 사회적으로 알려지고 정책을 마련하기 위한 노력이 무르익을 무렵으로 나는 서울장애인교육권연대에서 집행부로 바쁘게 활동하던 그를 만나게 되었다. 그는 바쁜 와중에도 세상 어느 누구도 흉내 낼 수 없을 정성으로 아들 한빛을 돌보는 아빠였다. 그런 그를 보면서 때로는 조금씩 아이를 품에서 내려놓으면 어떨까, 그편이 오히려 아이에게 더 도움이 되는 게 아닐까 하는 생각도 했었다.

사람들은 장애인과 그 가족들이 어떤 삶을 살아가고 있는지 잘 모르고 지내왔을 것이고 알려고도 하지 않았을 것이다. 필자는 자신과 아이, 가족의 하루하루를 담은 이 책을 통해 그 이야기를 세상 사람들과 나누려고 한다. 물론 이 책은 한빛이네 가족을 비롯한 장애인 가족이 감당해야 하는 삶의 무게를 온전히 담지는 못하며 그 일부만을 옮겼을 뿐이다. 현실에서는 글로는 이루 다 표현하기 어려운 더 많은 일들이, 더 많은 희로애락이 있다. 그럼에도 필자의 솔직하고 생생한 서술을 따라가다 보면, 무관심했거나 외면하려 했던 현실을 보게 될 것이고 결국에는 가슴속에서 잔잔한 파장이 일어나는 것을 느끼게 될 것이다.

이 책에 실린 이야기들은 장애아를 키우는 이 땅의 부모들이라면 누구나 겪는 일이다. 독특한 점이라면, 장애아의 교육이 많은 부분 엄마 손에서 이루어지고 있는 한국 사회에서 한빛이는 아빠가 육아와 교육을 맡고 있다는 것이다. 또한 바로 이 때문에 마음 깊이 감추어둘 뿐 표현하지 못했던 아빠들의 고민과 갈등, 속 깊은 이야기도 들을 수 있게 되었다.

　장애아를 키우고 있는 부모들은 물론이고 이 시대를 살아가는 사람들이라면 누구나 이 책을 꼭 한 번 읽어보았으면 좋겠다. 그래서 필자가 꿈꾸는, 장애인과 비장애인이 함께 행복한 삶을 살아가는 그런 세상을 만들어나가는 데 이 책이 단초가 되기를 진정으로 기대해 본다.

　　　　　　　　사단 법인 전국장애인부모연대 상임 대표__윤종술

한빛,
삶을
선택하다

1. 절망

아이가 태어났다. 3.8킬로그램의 건강한 사내아이다. 그런데 아이는 태어난 지 두 달 만에 세균성 뇌수막염에 걸려 눈도 뜨지 못하는 지경이 되었다.

"99.9퍼센트 가망이 없습니다."

병원에 가서 들었던 첫마디다.

조막만 한 몸으로는 감당하기 힘든 상황이 매일 이어졌다. 40도가 넘는 고열은 떨어질 줄 모르고, 의식은 사라졌다. 이 약도 써보고 저 약도 써보았지만 차도가 없다. 검사를 처음부터 다시 했다. 피를 뽑고, 척수액을 뽑고……. 온갖 검사를 했지만 답을 찾지 못한다.

결국 아무것도 할 수 없는 상황.

2. 고립

의사들도 간호사들도 말을 걸지 않았다. 복도에서도, 병실에서도 우리는 늘 혼자였다.

11

혼수상태의 아이가 기계에 의지해서 가까스로 생명을 연장시키고 있기에 누구도 우리에게 말을 걸어 위로를 한다거나 안부를 묻거나 하지 못했다. 더욱이 근심이 가득한 얼굴로 기계와 아이만 번갈아 쳐다보며 지내는 것이 우리의 유일한 일과였으니 딱히 건넬 말도 없었을 것이다.

아이는 툭하면 병동에 있는 응급 처치실로 옮겨지니 병실은 늘 비워두었다. 의자에 앉아서 지내는 시간이 점점 많아지고 가족들조차 말을 잃어갔다.

3. 아가야 세상은 살아볼 만하단다

비록 아이가 그렇게 있을지라도 의식은 분명 살아 있다고, 우리가 무엇을 원하는지 알아들을 것이라고 믿으며 조막손을 꼭 잡고 부탁을 한다.

"아빠가 세상을 살아보니 정말 거지발싸개 같아. 하지만 아무리 그래도 기왕 세상에 나왔으면 한 번 살아볼 만은 하단다. 이제 그만 일어나 세상을 만나보는 게 좋지 않겠냐?"

날마다 순번을 돌듯이 가족들이 돌아가면서 아이만 바라보며 지냈다.

4. 이렇게는 안 돼!

아이 엄마는 매일 눈물이다. 힘들고 어려운 상황에서 할 수 있는 일이라곤 한숨 쉬고 눈물 흘리는 것뿐이지만, 이러다가는 식구들 모두 몸져누울 지경이다. 결국 뭔가 결정을 해야 했다.

"오늘부터 내가 병원에 있을 테니 집에 가라."

내 말에 애 엄마는 싫다고 한다. 당연하다.

"그럼 약속을 하자. 절대 울지 않기로. 그리고 밥은 무조건 챙겨 먹는다. 이거 못 지키면 집에서 결과만 기다린다."

애 엄마도 그러마고 한다. 하지만 나도 애 엄마도 둘 다 알고 있다. 이 약속을 지키기 어렵다는 것을. 그래도 우리가 스스로를 챙기지 못하면 모두 망가진다는 생각에 다시 한 번 단호하게 말하고, 반드시 지키겠다는 다짐을 받는다.

5. 기다림의 시간들

"가망이 없습니다. 장례식장을 예약하는 것도 염두에 두십시오."

"인간의 손으로 더 이상은 할 일이 없습니다. 선택은 아이가 합니다."

너무도 단호하다. 일말의 여지도 없다. 의사로서도 어렵게 꺼낸 말이었을 테지만, 너무도 서늘한 그 말은 우리를 갱도의 막다른 곳,

막장으로 밀어 넣었고, 우리는 한참을 넋을 놓은 채 하늘만 바라보았다.

"선택은 아이가 한다니, 일단 아이가 결정을 할 때까지 기다리겠습니다."

의사의 최후통첩을 들은 뒤에도 우리는 기다렸다. 끝을 알 수 없는 기다림의 시간이 하루, 이틀……. 아이가 모든 것을 결정한다는 말에 기가 막혔지만, 그럼에도 우리는 매일 밤을 새면서 아이에게 이야기를 했다.

무의식 상태의 아이에게 김광석의 노래 〈일어나〉를 들려주면서 반드시 일어나야 함을 각인시켰다. 할머니 할아버지께서 걱정이 많으시니 그만 속 썩이고 일어나라고, 엄마 아빠가 해주고 싶은 게 많은데 이러면 곤란하다고, 여행도 함께 가고 산에도 함께 가면 좋겠다고, 특히 지리산은 꼭 보여주고 싶다고, 일어나기만 하면 세상은 네 것이 될 것이고 또 반드시 되도록 해주겠노라고, 그러니 너는 다른 생각은 하지 말고 그저 일어나서 눈만 맞추면 된다고 정말 열심히 이야기를 해주었다.

6. 기적

그렇게 지리하고 험난한 싸움을 벌인 가운데 기적이 일어났다.

꼭 잡은 고사리 손에서 전달되는 미세한 움직임, 가느다란 손끝의 떨림. 녀석은 그렇게 세상으로 다시 나왔다. 간호사를 찾고 의사를 찾으면서 움직였다고 분명 손가락을 움직였다고 병원이 떠나갈 듯 외치며 뛰어다녔다.

아이는 그렇게 생과 사의 갈림길에서 다시 생의 자리로 돌아왔다. 의사도, 간호사도, 주변 사람들도, 가족들도 모두가 놀랄 정도로 반가운 소식을 가지고 우리들 곁으로 돌아온 것이다.

그 기쁨은 말로는 표현하기 어렵다. 아니 표현할 수 있는 단어가 없다는 게 더 정확하다.

힘든 시간을 온전히 혼자 감당하다가 우리에게 돌아온 녀석을 보고 의사는 말했다.

"허, 그것참……."

한빛,
세상과
마주하다

1. 누구나 정해진 시간을 살아간다

그때는 어둠뿐이었다.

상황이 어떻게 변할지 누구도 장담할 수 없었고, 머릿속은 텅 비어 아무런 생각도 할 수 없었던 시간. 칠흑 같은 그 시간을 뚫고 지금 여기까지 온 것만도 기적이다.

너덧 달을 병원에서 지옥 같은 시간을 보내고 났더니 집에 가도 좋다는 의사의 말을 듣는 순간 다른 말은 아무것도 귀에 들어오지 않았다. 의사는 아이의 미래를 몇 살에 끊고, 또 몇 살에 끊고 하면서 살 수 있는 시간을 무슨 일정표 짜듯 정해주었다. 덧붙여 아이에게 장애가 있을 것이고 그것도 여러 가지가 될 수 있다고 열심히 설명해주었다.

의사가 심각한 이야기를 하는데도 나는 듣는 둥 마는 둥 했다. 살아 있다는 사실만으로도 모든 문제가 다 해결된 듯했다. 시간이 정해진 삶이란 말을 들었지만 개의치 않았다. 어차피 영원한 삶은 없고 누구나 다 정해진, 제한된 삶을 살아가는 것이고, 다만 짧고 길고의 차이만 있을 뿐이니 염두에 둘 일이 아니다.

어떻게 살아갈 것인가, 즉 삶의 내용을 어떻게 채울 것인가를 고민하는 것이 더 가치 있고 소중하지 않겠는가.

2. 살아 있음에 감사함

외줄을 타듯 가슴을 졸인 시간이 지나가고, 지금도 그다지 상황이 좋지는 않지만 아이는 늘 밝기만 하다.

혼수상태에서 깨어난 뒤 꼼짝없이 누워만 있는데도 웃음이 끊이지 않는 녀석을 보면서 어른인 우리가 부끄럽고 한심하다는 생각이 들 때도 많았다. 그렇게 병원을 나선 뒤 의사의 말처럼 고통의 시간이 이어지긴 했지만, 그때마다 아이는 자신의 힘으로 모든 것을 결정하고 다시 웃음을 지으며 우리 품으로 돌아왔다.

조마조마한 마음으로 지내온 시간이 벌써 10여 년. 녀석은 아직까지 말도 어눌하고, 걸음이나 손발을 놀리는 것도 서툴고, 무엇하나 똑 부러지게 하는 것이 없지만, 그래도 우리는 늘 감사하는 마음으로 살아가고 있다. 뇌 손상으로 인해 뇌가 작아지고 있고 이미 절반 이상이 기능을 상실했다고 하지만, 그래도 우리는 여전히 웃으며 지내고 있다.

3. 웃음의 힘

감사하는 마음이란 것이 억지로 만들어지지 않는다는 것을 우리는 잘 안다. 어쩌면 아이가 죽음의 강을 몇 번이나 넘나드는 모습을 곁에서 지켜보면서 겪었던 끔찍한 고통 때문에 우리가 작은 일에도 감사하고 행복해 할 수 있는 것인지도 모른다. 하지만 그 무엇보다 우리를 강하게 만들고 행복하게 하는 것은 아이의 웃음이다.

무엇이 이 아이를 그토록 웃게 만드는지는 모른다.

하지만 온몸이 굳어지는 발작을 일으키고서 정신이 돌아올 때 아이가 가장 먼저 보이는 반응이 웃음이고, 언제나 어디서나 미리 준비라도 한 것처럼 웃음이 흘러나와 지켜보는 사람들까지도 웃음 짓게 한다.

아이의 웃음은 우리가 힘든 시간을 지금처럼 담담한 마음으로 헤쳐갈 수 있도록 하는 힘이 되었고, 사람들에게 대수롭지 않은 일인 것처럼 지금의 상황을 이야기할 수 있게 만들어주었다.

4. 현재에 충실하라

사람들은 말한다.

"어떻게 그렇게 살아요?"

"어쩜 그렇게 남 이야기하듯 할 수 있죠?"

"정말 그런 거 맞는 거죠? 말하는 것으로 봐서는 아닌 것 같아서요……."

모진 풍파를 헤쳐 나온 사람은 여유가 있다고 한다. 죽음과 늘 함께하는 생활 속에서 우리는 헛된 희망을 꿈꾸기보다는 지금에 만족하고, 작은 일에 감사하는 법을 배웠다. 아이의 행동 하나하나에 웃고 울면서 여기까지 왔고, 이전보다 더한 날들이 펼쳐질 수도 있음을 모르지 않는다. 그러니 더욱 우리가 할 수 있는, 아니 해야 하는 일은 지금에 충실하는 것 말고는 없다.

힘든 시간을 보내면서도 목젖이 보일 정도의 환한 웃음을 보이는 아이를 두고서 어찌 다른 생각을 가질 수 있겠나.

5. 제 힘으로 세상과 만나다

이제 부모로서 내가 해야 할 일은 장애를 가졌다는 이유로 소외되지 않게 해주고, 장애를 가졌다는 이유로 차별 받지 않게 해주는 것이다. 아이는 밝은 모습 그대로 세상과 부딪치며 살아가면 그만이다. 병원을 제 집 드나들듯 하면서도 개구진 얼굴로 저 하고픈 것을 할라치면 영락없는 아이다. 그래서 지적 능력이나 몸 상태를 제외하고는 다른 아이들과 별다른 차이가 없다는 생각으로 한빛이를 대한다. 매달 병원을 찾아야 하는 것도, 약을 달고 살아야 하는 것도, 아무 때나 쓰러지는 것도, 하루에도 열 번 넘게 하는 경기 때문에 머리가 깨지고, 이가 빠지고, 얼굴에 멍이 드는 것도, 제대로 걷지 못해 넘어져 상처가 나는 것까지, 이 모든 것을 아이는 혼자의 힘으로 이겨내야 한다. 오직 자신의 힘으로 헤치고 나와 세상과 만나야 한다.

우리는 그 모습을 지켜보며 손 잡아주는 일 말고는 해줄 것이 없다. 그것도 언제까지 함께할지는 모른다. 하지만 그 마지막 날까지 우리는 웃으며 세상과 마주할 것이다.

살아가는 동안 아이는 더 멋진 세상을 위해, 더 가치 있는 삶을 위해 자신을 키워나갈 것이고, 우리는 그 삶을 지켜주기 위해 더 많은 노력을 기울여나갈 것이다.

그것이면 충분하지 않을까.

3인
3색

우리 집에는 세 사람이 살고 있다.

　세 사람은 각기 자신만의 뚜렷한 색을 가지고 있고, 서로의 색에 대해서 이러쿵저러쿵하지 않는다.

　우리 가족, 매력 만점에 개성 강한 세 사람을 소개해볼까나.

한빛

　두 살의 정신에 열세 살의 몸을 지탱하고 있는 우리 집의 주인공이다. 지적 장애를 가지고 있으면서 간질을 앓고 있는 녀석은 천방지축, 천둥벌거숭이다.

　말도 못 하고, 인지 능력도 부족하고, 똥오줌도 못 가리고, 양치질도 못 하고, 입고 벗는 것도 제대로 못 하는 녀석이지만, 그 무모함에서는 돈키호테의 얼굴을, 늘 삶과 죽음의 선택(그 선택이 스스로가 아닌

질병이라는 외적인 강제에 의한 것일지라도) 위에 놓여 있다는 점에서는 햄릿의 얼굴을 하고 있다. 녀석은 집안에서는 '폭탄', 그것도 언제 터질지 모르는 메가톤급 폭탄이다.

녀석은 자신이 더 힘들고 아플 텐데도, 맑고 밝은 웃음으로 도리어 우리에게 힘을 준다. 마치 '아무것도 아니니 걱정하지 말라'고 말하는 듯한 그 웃음은 자칫 침울해질 수 있는 집안 분위기를 한순간에 바꿔놓는 웃음 바이러스다. '백만 불짜리 웃음.'

삶과 죽음의 경계에 서 있는 녀석이 보여주는 웃음은 어떤 심오한 해석을 붙여도 부족하고, 어떤 화려한 수식어를 동원해도 표현하기 어렵다. 무엇 하나에 사로잡히면 시간이 얼마나 흐르든 개의치 않고, 원하는 것은 떼쓰고 고집 부려서라도 얻어내고야 마는 의지(?)도 있고, 사람을 사귈 때는 상대가 자신을 기억하도록 하는 특별한 능력도 가진 녀석. 책을 좋아해 손가락에 침 발라가며 책장을 넘기고, 컴퓨터라면 죽고 못 살면서도 툭하면 컴퓨터를 잡아먹는 녀석. 카메라 앞에만 서면 온갖 표정에 손가락으로 브이까지 만드는 녀석. 눈치는 10단으로 입신入神의 경지에 오른 녀석.

한빛이는 이런 아이다.

마님

셋 중 가장 똑똑하다. 그리고 실질적인 가장이다.

사람을 좋아해 어울림이 일상인 사람. 거기에 술이라도 한 잔 곁들여지면 더없이 좋아하는 사람. 아픈 아이 때문에 어른들의 삶이 위축되는 것을 바라지 않는 사람(물론 그렇다고 허랑방탕하게 사는 사람은 절대(!) 아니다). 아이를 위해 할 수 있는 일은 뭐든 다 하면서도 어른들도 자기 생활을 함께 누릴 수 있어야 한다는 생각을 가지고 있고 그 생각을 실천하는 사람. 한마디로 책임감이 투철해 맡은 역할은 깔끔하게 처리하면서도 하고 싶은 것은 다 하며 지내는, 말 그대로 '쏘 쿨' 한 성격의 소유자.

경제관념은 똑 부러져 돈과 관련한 교통정리는 일사천리일 뿐 아니라 손실도 없다. 결코 넉넉지 않은, 빠듯한 살림이 분명한대도 적자 재정이 아니라 현 상태를 유지하는 것을 보면 대단한 능력을 가진 것이 틀림없다.

남자가 돈을 벌지 않고 있는 것에 대해 가타부타 말하지 않고, 각자 맡은 일만 책임지면 된다는 통 큰 사람이다. 어른들은 '그래도 남자가 벌어야 기를 편다.'고 이야기하시지만 그런 건 신경 쓰지 않는다.

    현실을 제대로 보고 판단을 하는 것도 최고다. 아이 문제로 고민을 해도 답은 언제나 명쾌하다. 길게 고민을 한 적이라고는 아이가 커가면서 누가 돌볼 것인지에 대한 부분이 유일했다. 일의 중심을 잡아주는 역할을 하고 있는 든든한 기둥이다.

    호불호가 분명하지만 상대를 배려하는 넉넉함 또한 갖추고 있다.

그리고 나

천방지축으로 치자면 한빛이 못지않다.

세상은 변하고 있고, 변화시킬 수 있으며, 변해야 한다고 굳게 믿고 있다. 현실을 인정한다고 하면서도 여전히 이상을 꿈꿔 이상과 현실 사이에서 늘 이상을 선택한다. 자신이 여전히 청년인 줄

착각하고 있어 주변 사람들이 피터 팬 증후군이라고 놀린다. 병은 '절대로' 아니다.

    더불어 가사를 전담(?)하고 있다고 하지만 꼭 그렇지만도 않은,

어정쩡한 상태로 자신이 하고 싶은 것은 다 하고 사는, 다소 염치 없는 가장家長을 가장假裝하고 있다. 그래서 나의 부실함을 메워주는 마님을 만난 것, 마님을 선택한 것은 내가 지금껏 살아오면서 한 결정 가운데 제일 잘한 결정이라고 생각한다. 아이 키우는 일을 전담하고 있으며, 그 아이로 인해 사과나무 밑에서 잠자는 토끼처럼 전전긍긍하고 있다.

전형적인 햄릿형으로 세상 고민은 혼자 다 끌어안고 있으면서도, 술과 친구와 이야깃거리가 있는 자리라면 언제라도 엉덩이를 들썩인다. 당장이라도 어디론가 불쑥 떠날 수 있는 삶을 꿈꾸지만 아픈 아이 때문에 붙박이 삶을 살면서 아이 문제라면 한 치도 양보하지 않는 벽창호라 하겠다.

이렇게 우리 두 사람은 자기 자신을 세우기보다는 아이를 위해 양보하고, 배려하며 지내고 있다. 의견 충돌이 없을 수는 없지만, 특히 아이 문제에서는 서로의 차이보다 공통점을 찾아내는 데 집중한다. 또 서로의 생활에 지나치게 개입하지 않는다. 각기 자신만의 생활이 존재해야 한다고 여기며, 서로의 생각을 존중한다.

술과 사람과 이야기를 즐기는 어른들과 툭하면 쓰러지고 넘어가는 아이는 그렇게 한 집에서 웃고, 인상 쓰고, 투닥투닥하고, 때로는 눈물 흘리며 지낸다.

사람들은 각기 다양하게 살아간다. 우리 집도 마찬가지다. 어떻게 보면 '따로 또 같이'이고, 제멋대로이고, 막무가내다. 다른 사람들의 눈에 어떤 모습으로 보일지는 모르겠다. 하지만 우리는 자신의 것을 지키면서 우리들의 것을 만들어가며 살아가고 있다.

장애를 가진 아이를 키우는 다른 집과 비교해보더라도, 우리는 우리만의 방식으로 자유롭게(?) 살아가는 셈이다. 그런 삶 속에서 즐거움을 찾고, 재미를 찾고, 여유를 가지고 웃으며 지내고 있다. 사람들은, '장애? 그까이꺼' 하는 식으로, 당당하고 자신 있는 우리 태도를 보고 한빛이를 평범하고 건강한 아이라 여길 때가 많다.

그래서 우리는 다른 사람들에게 '희한한 가족'이란 말을 종종 듣는다.

울트라 슈퍼 파워,

최한빛

2005년

의무 교육의 '의무'

올해도 한빛이는 학교에 입학을 하지 못한다.

병으로 인해 쉬기로 한 것도 있지만 학교가 아직 아이를 받아들일 준비가 안 된 것도 입학을 미루게 된 원인 가운데 하나다. 학교에 가고 싶은 마음은 굴뚝같지만, 학교가 아이를 거부한다면 결국 입학을 유예하거나 아니면 집에서 멀리 떨어진 학교로 가야 한다.

초등 교육은 의무라고 하지만, 학교 측과 교육 당국은 그 의무를 다할 수 있도록 도울 의지가 없어 보인다. 부모들은 아이에게 장애가 있다는 단 하나의 이유 때문에 죄인마냥 정당한 권리도 행사하지 못하고 있다. 부모들이 이렇게 주눅이 들어 있으니, 학교나 교육청은 법으로 규정된 특수 학급을 설치해달라는 부모들의 요구조차 온갖 핑계를 갖다 붙이면서 빠져나갈 궁리만 하고 있다.

이제 더 이상 아이의 입학을 연기하지 않겠다는 각오로 교육청과 학교를 풀방구리 생쥐 드나들듯 하는데, 그때마다 늘 똑같은 소리를 듣는다.

"재정이 없으니 좀 멀더라도 다른 학교에 가는 건 어떻습니까?"

"우리 학교는 아이를 받고 싶어도 시설이 없어서 받지 못합니다."

가끔은 협박도 불사한다.

"남들은 이사도 가고 하는데……"

화가 난다. 그동안 동분서주해온 시간이 있으니만큼 학교와 교육청은 최소한 최한빛이라는 아이가 있고 그 아이가 입학을 원한다는 것을 알고 있었을 것이다. 그렇다면 지난 2년간 뭔가 준비를 했어야 하는 것 아닌가?

분을 꾹꾹 누르며 삭이다가 결국 참지 못하는 상황이 된다.

"그게 이유라면 아이를 학교에 안 보내도 되나요?"

"지금 없는 교육 재정이 다음에는 생깁니까? 대체 지난 2년간 한 게 뭡니까?"

"그렇다면 안 보내겠으니 그 답변을 문서로 작성을 해주십시오."

그리고 결정적인 한마디를 날린다.

"법에 나와 있는 요구를 한 것이고, 그것을 받아들이지 못하겠다면 관련된 모든 사람들을 고소 고발 하는 수밖에 없습니다."

그러자 담당 공무원이 나를 대하는 태도가 달라진다. 나긋나긋하고 상냥하게 나온다. 방법을 찾아보겠다고 한다.

교육을 받고 싶어도 장애가 있다는 이유로 거절을 당하거나 아니면 멀리 있는 학교에 다녀야 하는 아이들이 많이 있다. 장애아를 둔 것이 무슨 죽을죄를 지은 것도 아닌데 언제나 고개 숙이는 부모들도 많이 있다. 그만큼 숙이고 살았으면 이제 되지 않나 싶다. 이제는 의무뿐 아니라 누려야 할 권리도 찾아서 누리겠다는 생각이 필요하다.

국가가 책임지고 수행하겠다는 의지만 있다면, 장애를 가진 아이들이 지금보다 더 밝고 맑은 모습으로 학교생활을 할 수 있을 것이다. 지금은 안 되고 조금 뒤에 해보자는 이야기는 당장의 곤란함을 피하겠다는 꼼수일 뿐이다. 부모가 언제 어디서건 당당해야 아이도 당당하게 자랄 수 있지 않겠는가.

결국 협박 아닌 협박이 길을 만들었고, 학교는 특수 학급 만들기에 착수했다. 2년을 실랑이한 끝에 3년차에 만들어지는 교실이다.

장애를 가진 아이들이 제때 교육을 받기 위해서는 부모들이 적극적으로 나서야 한다는 것이 서글프지만 인정할 수밖에 없는 대한민국의 현실이다. 하나에서 열까지 부모가 발품을 팔아야 하고, 부당한 현실을 개선하기 위해서는 싸움닭이 되는 것도 마다하지 않아야 한다.

장애가 없는 아이들과 그 부모들은 이런 고민을 해보지 않았을 것이다. 그 아이들은 그저 때가 되면 입학을 하고 상급 학교에 진학을 하겠지만, 장애를 가진 아이들은 여전히 공무원과 학교와 교사의 눈치를 봐야 한다.

이 현실에서 벗어나는 길은 결국 내 손에 달려 있으니 언제나 주먹을 꽉 움켜쥐고 다녀야 할 일이다.

새벽의 비명 소리

새벽에 일어난 한빛이는 어둠이 가시지 않은 이른 시간부터 집안 곳곳을 헤집고 다니면서 어지르기 시작한다.

감기는 눈을 뜨지 못해 모른 척하고 있는데 '쿵!' 하는 소리와 '아 앙' 하는 소리가 터져 나온다. 놀라서 벌떡 일어나 보니, 이놈이 탁자의 서랍을 열어 계단 삼아 오르려고 안간힘을 쓰다가 탁자 위에 놓인 텔레비전을 끌어안고 뒤로 넘어진 것이다. 저도 무지하게 놀라고 아팠는지 어지간하면 아픈 내색을 하지 않는 녀석이 비명을 지르고 울음을 터뜨린다.

텔레비전을 들어내고 아이를 꺼내주자, 녀석이 말없이 앉는다. 부자가 모두 놀란 가슴이 되어 바라본다. 정신을 수습한 나는 놀란 아이를 진정시킬 겸 더 자라며 눕혀놓았다. 제 딴에도 크게 잘못했다고 생각했는지 울지도 않고, 칭얼대지도 않고, 시키는 대로 눕더니 이내 잠이 든다.

어디 갈빗대라도 부러진 게 아닐까 걱정을 했는데, 머리에 혹이 하나 생기고 가벼운 찰과상만 입었을 뿐이다. 자고 일어나더니 아무 일 없다는 듯 툴툴 털고 잘 논다. 하여간 몸 하나는 튼튼한 녀석임에 틀림없다.

　　방바닥에는 흠집이 생겼지만, 다행히 텔레비전이나 다른 기기에는 별 이상이 없다. 사람도 안 다치고, 기물도 멀쩡하다. 다행이다.

　　이제는 녀석 때문에 새벽부터 일어나 보초까지 서야 할 것 같다.

한빛,
가출하다

환절기라 감기가 기승을 부린다. 늘 조심한다곤 하지만 한빛이는 이번에도 감기를 피해 가지 못했다.

내가 저녁에 약속이 있어서 한빛이는 엄마와 함께 집에 갔다. 감기 기운이 있는 두 사람은 가는 길에 병원에 들러 진료를 받았는데, 여기서 사단이 났다. 한빛이가 먼저 진료를 받고 애 엄마가 나중에 진료를 받으면서 간호사들에게 아이를 부탁했단다. 그런데 애 엄마가 진료를 받는 그 짧은 순간에 간호사들에게 맡겨둔 한빛이가 사라진 것이다.

근처에서 잃어버렸으니 금방 찾을 수 있겠지 하면서 혼자서 상가며 음식점을 뒤지고 다니던 애 엄마는 결국 아이를 찾지 못하자 내게 전화를 했다. 내가 급하게 도착해 보니, 애 엄마는 정신이 거의 반은 나간 상태로 뛰어다니고 있었다. 소방서와 파출소에 신고를 해두고, 한빛이가 갈 만한 곳을 찾아다녔다. 지하 주차장, 집 근처 놀이방, 놀이터, 공원…… 온갖 곳을 다 뒤져봐도 없다. 경기라도 해

서 어디 구석진 곳에 쓰러져 있는 것은 아닌지 하는 데까지 생각이
미치자 불안한 마음에 발만 동동거릴 즈음 전화가 걸려왔다.

  "한빛이 아버님이시죠?"
  "네, 그런데요."
  "한빛이 지금 저희와 함께 있어요."
  이렇게 반가운 목소리는 들어본 적이 없는 것 같다. 누군가와 함
께 있다는 것을 보면 별 탈이 없었나 보다. 갑자기 안도감이 밀려왔
다.
  "그런데 지금 어딘가요?"
  "저희는 숙명여대 학생이고요, 공덕역에 있어요."
  "거기까지 갔다고요?"
  "네. 지하철에서 아이가 혼자 다니기에 보니까 팔찌에 연락처가
있어서요."

  기가 막힌 일이다. 병원이 역에 붙어 있는데다 매일 지하철을 타
고 다니니 혼자 들어가 차를 탄 모양이다. 병원에 가서 간호사들에
게 어떻게 이런 일이 생길 수 있냐고 퍼부어주고, 역에 가서는 역무
원에게 아이 혼자 차를 타고 가는데 막아 세우지도 않았냐고 한 소
리 했다. 족히 한 시간이 걸리는 동안 누구도 아이를 돌보지 않았다
는 사실에 분통이 터져 공덕역으로 가는 내내 화가 가시지 않았다.
  하지만 일단 아이를 찾았다는 사실에 긴장이 풀리면서 몸은 까부
라졌고, 어이없는 상황에 헛웃음만 나왔다.

공덕역에 내려 헐레벌떡 달려가니 아주 난리가 났다. 여학생들 틈에서 한빛이가 핸드폰 벨소리에 발장단을 맞추고 있다. 녀석이 흥이 제대로 오른 모양이다. 학생들이 호응까지 해주니 더 신나서 한바탕 쇼를 하고 있다. 그 모습을 보니 어이가 없고 화도 났지만, 한편으론 안심도 되었다.

학생들에게 연신 인사를 하고, 늦은 시간까지 기다려준 사례로 저녁 식사비라도 건네려고 하니 한사코 싫다고 한다.

"아무것도 없이 있던데요."

"가방과 잠바는 지하철에 놓고 내린 모양이에요."

학생들은 소지품 확인까지 해준 뒤 떠났다.

그렇게 한빛이의 가출(?)은 마님과 내 가슴을 쓸어내리게 하고서 막을 내렸다. 돌아오는 길, 녀석은 세상모르고 잠을 잔다. 피곤했던 모양이다. 저녁도 안 먹고 다녔을 녀석을 생각해 허기나 때우려고 김밥을 사서 들어갔다. 아니나 다를까 한빛이는 정신없이 먹어댄다. 우리는 입맛이고 밥맛이고 다 달아나 젓가락을 들 기운도 없다. 대충 씻기고 다시 아이를 재웠다.

"자일(Seil: 등산용 밧줄)로 끈을 만들어서 묶어 다닐까? 외국에서는 그렇게 해서 다니기도 하던데……."

그러자 마님은 모양 사납다고 싫단다. 마치 개를 끌고 다니는 것 같다고 하면서.

이제부터 녀석을 더 철저하게 지켜봐야 할 것 같다. 농구 경기의 맨투맨 방어처럼.

　오늘 하루는 말 그대로 진땀나는 하루였다. 그나저나 학생들이 너무나 고맙다. 긴 시간 기다려준 것도 그렇고, 아이가 혼자 다닌다고 붙들어놓은 것도 그렇고, 기다리는 동안 아이를 즐겁게 해준 것도 그렇다.

배정은 선생님,
우리 가족의 산타클로스

어린이집 배정은 선생님. 마치 한빛이 전담반처럼 애써주시는 분이다.

한빛이에게는 친구이자, 선생님이며, 여행 동반자이고, 엄격한 교관이신 선생님은, 우리에게는 자유 시간이라는 선물을 주는 산타클로스 같은 분이다.

무슨 이야기인고 하니, 한빛이가 다니는 어린이집은 장애를 가진 아이들을 맡아서 돌봐주는 곳이라 몸이 불편한 아이들이 많은 곳인데, 녀석은 이곳 아이들 중에서도 몸 상태가 더 심각한 편에 속한다. 하지만 그런 몸 상태와 달리 늘 밝고 씩씩하게 지내는데, 그 때문인지 선생님들이 평소에도 한빛이를 대견해 하시면서 좀 더 눈여겨봐주신다. 그러던 차에 배정은 선생님께서 주말에 한빛이를 데리고 가서 같이 놀아주시겠다며 우리에게 괜찮겠냐고 묻는 거다.

당연히 괜찮지. 그저 감사할 따름이다.

한빛이는 선생님 덕분에 새로운 경험을 해서 좋고, 우리는 녀석

배정은 선생님 _ 때론 엄마처럼, 때론 친구처럼 한빛이를 돌봐주신 배정은 선생님과 하늘공원의 따사로운 햇빛을 받으며 다정하게 찰칵. 그런데 한빛이는 카메라는 보지 않고 어디를 보고 있는 건지…….

덕에 여유 있는 시간을 보낼 수 있으니 좋다.

이게 다 한빛이의 타고난(?) 인복이다.

말이 쉽지 황금 같은 주말에 아이와, 그것도 한빛이처럼 몸이 아픈 아이와 함께 시간을 보낸다는 것은 힘든 일이다. 일주일 내내 아이들과 지내면서 시달릴 만큼 충분히 시달렸는데 주말에도 함께하겠다는 것은 어지간해서는 하기 어려운 이야기다. 어린이집이라고 해도 장애가 있는 아이들만 돌보는 장애아 전담 어린이집이니 그 일이 얼마나 고단한지는 부모들이면 다 알 수 있는 일이다. 장애아 하나를 키우기도 벅찬데 그런 아이들 여럿을 돌봐야 한다면 손도 많이 가고, 신경 써야 할 일도 많고, 때맞춰 챙겨야 할 것도 하나둘이 아니다. 그 고단함은 누구보다 내가 너무도 잘 안다. 한 번 어디 가려해도 준비해야 할 것도 많고 챙겨야 할 것도 많아 선뜻 내키지 않은 것도 사실이다.

　그렇게 아이들과 지내면서 주말도 한빛이에게 선뜻 내주는 것은 아무나 할 수 없다. 그래서 그런 결정을 해주신 데 대해 늘 고마운 마음을 가지고 있다.

한빛이는 선생님 덕에 하늘공원에 가서 억새 구경도 하고, 맛난 것도 먹고, 개 박람회에서도 온갖 종류의 개들을 구경했다. 그 모습에 주변 사람들이 선생님을 엄마로 부르기도 했단다. 시집도 가지 않은 처녀에게 엄마라

인형을 안고_개 박람회 구경을 마치고 나오다 인형 가게에서 들렀다. 사진은 예쁘게 나왔는데, 선생님께 인형 사달라고 투정이라도 부리지나 않았나 모르겠다.

니……. 그뿐이 아니다. 선생님의 데이트 때도 한빛이는 떡 하니 끼어들어 앉아 있다. 한편으론 죄송하고, 또 한편으론 감사하다. 그 세심한 마음 씀씀이에 뭐라 인사를 드려야 할지…….

　선생님과 함께한 시간들을 담은 사진을 보면, 한빛이의 나들이는 즐거움으로 가득해 보인다. 녀석과 함께 다니기가 쉬운 일은 아닐

텐데, 이런 사고뭉치를 어르고, 달래고, 협상하면서 다녔을 선생님의 모습이 그려진다.

개를 무서워하는 녀석이 개 박람회에서는 어떤 행동을 했을지, 걷기 싫어하는 녀석이 하늘공원 그 먼 길을 저 혼자 힘으로 다녔을지도 상상해본다. 길가에서는 음료수병을 물고 세상을 다 얻은 것 같은 표정을 지었을 테고, 멋진 식당에서는 맛난 것도 먹어보았을 것이며, 오락실에서는 인형 뽑기에 정신이 팔렸을 것이고, 인형 가게에서는 어떻게든 하나 얻어볼 요량으로 온갖 불쌍한 표정을 만들었을 것이다.

그런 체험들을 고스란히 기억하면서 자라야 하는데…… . 이 녀석의 기억 장치가 고장 나지 않고 잘 작동을 해야 선생님의 마음을 알 수 있을 텐데 말이다.

뭐든 직접 눈으로 보고, 손으로 만져보며, 많이 느끼고, 많이 경험하면서 자랄 때, 스스로 할 수 있는 것들이 생길 수 있다. 아무리 두 살에 멈춘 정신세계라고 할지라도, 소중한 그 기억들이 어른으로 성장하는 데 조금이라도 활용될 수 있기를 기대해본다.

그래야 힘들게 기회를 만들어주신 선생님에게 보답하는 길이 될 테니까.

지하철 투어

　모처럼 둘만의 시간을 가졌다.

　청소를 하겠으니 나갔다 오라는 마님의 '명'을 받고서 둘이 집을 나서다가 이왕 나가는 거 좀 멀리 갔다 오자는 생각에 가방도 챙겨 들고 나섰다. 가방에는 여벌의 옷과 물이 전부지만, 왠지 거창한 여행이라도 떠나는 듯하다.

　여행 계획은? 없다. 군이 계획이라고 한다면, 먼저 오는 지하철을 타고 가다가 한빛의 성화가 시작되면 그냥 무작정 내린다는 게 계획이다. 그렇게 '지하철 투어'를 시작해서 한참을 가다보니 갈아타는 곳이 나왔고 얼른 내려 지하철을 갈아타서 도착한 곳이 경복궁이다.

　어영부영, 구경을 하는 둥 마는 둥, 여기저기 기웃대며 시간을 보낸다. 딱히 놀 것도 없고, 할 것도 없는지라 나왔다는 데에 의미를 두고 다시 집으로 향한다.

　지하철에 자리가 나도 한빛이는 얌전히 앉아서 가는 일이 없다.

대신 첫 칸부터 마지막 칸까지 왕복 운동을 한다. 한빛이는 칸과 칸을 건너갈 때 유리창 너머로 보이는 모습도 마음에 들고, 덜컹대는 것도 마음에 드는 모양이다. 그렇게 한참을 둘이 돌아다니다가 자기 또래의 아이가 엄마와 빵(호두과자 비슷한 것)을 먹는 것을 보더니 이 녀석이 그 앞에 서서 뚫어지게 쳐다보는 게 아닌가. 엄마가 눈치를 채고서는 하나 주자고 하니 아이는 단박에 거절한다.

"나눠 먹는 거야. 친구 하나 주자."

아이 엄마가 아들을 설득하자, 아이는 마지못해 하나를 한빛이 손에 쥐어준다.

그러면 이 녀석이 돌아와야 하는데 그 앞에서 꼼짝도 안 한다.

그러자 엄마가 "하나 더 줄까?" 하니 손을 쑥 내민다.

두 개를 받아 들고서 내게로 오더니만 하나를 내 입에 넣어준다.

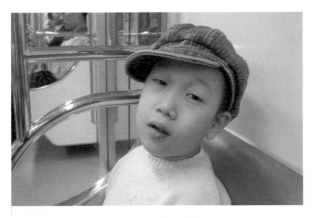

지하철에서_ 이날은 한빛이의 컨디션이 좋아 보인다.

나도 여행을 다니면서 얻어먹는 데는 일가견이 있다고 생각했는데, 이번에는 아들이 먹을 것을 구해 와서 아비에게 주니 사람들이 모두 우리만 쳐다보는 것 같다.

그 쪽팔림이란······.

얼른 다른 칸으로 도망을 가고 싶다는 생각뿐인데, 이놈은 그럴 생각이 없어 보인다.

뇌 수술을 받다

이사를 하면서 병원을 옮기기로 했다.

이사한 집에서 이전에 다니던 병원까지가 멀어서 다니기 귀찮은 것도 있고, 무엇보다 아이와 함께 다니자면 그것도 하나의 일인지라 이참에 옮긴 것이다.

그런데 병원을 옮기고서 계속 들은 이야기가 수술을 해보자는 말이다. 뇌 신경을 끊어주는 수술을 해서 경기를 일으키는 뇌파를 잡아보자는 것이다. 처음 듣는 이야기라서 쉽게 결정을 내리지 못하고 고민만 했다. 수술을 해서 경기를 멈출 수 있다는 확신이 있다면 하겠는데, 상담으로는 그런 확신을 얻지 못했다. 괜히 아이만 고생시키는 것은 아닐까 하는 우려만 들었다.

"어려운 수술이 아닙니다. 단지 뇌 수술이라고 하니까 겁이 나기도 하겠지만 간단한 겁니다."

걱정을 하며 결정을 미루는 것이 보였는지 의사 선생은 아무것도 아니라며 이야기를 한다. 확실한 변화가 일어난다는 장담은 할 수 없지만 여러 방법 중에 하나이니 해보자는 것이다. 확률로 본다면 50대 50이란다. 내가 수술을 주저하는 것도 바로 그 확률 때문이다.

'해도 그만이고 안 해도 그만이면 그걸 무엇 하러 할까.'

그렇게 고민을 거듭하다가 혹시라도 뭔가 변화가 일어날 수 있지 않을까 하는 생각에 수술을 하기로 했다.

날짜가 잡히고, 이런저런 주의사항을 전해 들으니 더더욱 심란하다. 예전에도 병원에 들어가 머리를 깎으면서 한바탕 소동이 났던 터라 이번에는 미리 삭발을 시켰다. 민둥민둥한 머리가 보기 좋다. 저도 이상한지 손으로 만져보며 어색해 하는데 아주 잘 어울린다. 평소 안 먹던 음료수도 사주고, 과자도 사주면서 인심을 펑펑 썼는데, 이놈이 이유는 알고 있는지…….

마침내 병원에 입원을 하고, 일사천리로 수술 일정을 잡아 순조롭게 진행을 한다. 그런데 수술실로 향하던 중 수상한 낌새를 챘는지 녀석이 안 가려고 발버둥을 친다. 겨우 핸드폰으로 꼬드겨 음악을 들려주니 얌전해져 수술실로 들어갔다.

그 모습을 보면서 우리는 아무 말도 할 수 없었다. 일곱 시간을 그렇게 서로 다른 공간에서 있으니 한빛이를 데리고 처음 병원에 갔을 때가 연상되어 영 찜찜했다.

지루한 시간이 지나고 수술을 마친 녀석이 나오는데 마취가 덜 풀려 정신을 놓은 상태에서도 벌떡 일어나 모두를 놀라게 한다. 할머

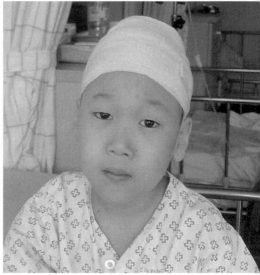

뇌 수술 전과 후_수술 때문에 미리 머리를 깍은 뒤 좋아하는 음료수를 입에 물고 놀이터에서(사진 왼쪽) 기념 촬영. 담당 의사도 놀랄 정도로 수술 경과가 좋아 3일 만에 중환자실에서 일반 병동으로 옮긴 뒤(사진 오른쪽) 다시 한 번 촬영. 한빛이의 몸에는 진정 우리가 알 수 없는 무언가가 있는 모양이다.

니 얼굴도 보고, 엄마 아빠의 얼굴을 확인하고는 안심을 한 듯 다시 잠이 든다. 아이를 데리고 나오던 의사와 간호사도 깜짝 놀랄 정도로 순식간에 벌어진 일이었다.

긴 시간 동안 다른 사람들 손에 해코지를 당했다고 여기는지 아니면 불안과 고통을 그대로 안고 있어서인지 모르지만, 아무튼 대단한 녀석이다. 아무리 간단한 수술이라도 수술 후 중환자실로 올라가서는 보통 일주일을 넘게 입원한다는데, 이놈은 3일 만에 일반 병실로 가더니 속성으로 자체 치유를 하고는 퇴원해도 좋다는 말을 듣는다. 의사들도 이렇게 빠른 퇴원은 처음이라고 한다.

머리에 감은 붕대를 모자처럼 쓰고서는 좋아하는 모습을 보면서 경기만 줄어든다면 정말 좋겠다는 생각을, 어쩌면 일상생활이 가능할지도 모른다는 기대를 해본다.

수술을 받느라 돈도 많이 들고, 녀석도 힘들었을 테니, 결과도 그만큼 좋았으면 좋겠다. 뇌가 제대로 자라지 못해 울퉁불퉁한 머리가 이제 수술 자국까지 있으니 보기는 좀 그렇다.

병원에서 여름을 나겠구나 하고 생각을 했는데, 여름을 나기는커녕 한창 더운 때 집에 가게 생겼다.

삐치는 시늉도 재주다

한빛이의 재주가 날로 늘어간다. 어찌 보면 재주라고 할 것도 없지만, 이전에 하지 않던 행동을 하면 우리는 그것을 모두 재주로 인정해준다.

최근에는 팔짱을 끼고서 "흥" 하는 행동을 자주 하면서 삐치는 시늉을 하는 데 제법 잘 활용하고 있다. 저런 건 도대체 어디서 배웠을까 궁금했는데, 알고 보니 어린이집에서 선생님들이 하는 행동을 보고 따라 하는 것이란다. 뭐 하나 시켜도 거들떠보지 않던 녀석이 화난 척하는 선생님의 모습이 재미있었나 보다.

언제 어느 때 그런 행동을 해야 하는지를 알고나 하는지는 모르겠지만, 이름을 부르거나 아니면 뭐든 해달라고 부탁을 하면 녀석이 영락없이 하는 행동이다. 서로의 생각을 주고받는 대화라는 게 불가능한 놈인데 아마도 '흥'이라는 의성어와 함께 뭔가 행동을 취하니 그것에 반응하는 게 아닌가 싶다.

아무튼 덕분에 시도 때도 없이 귀여운 척을 하는 녀석을 보면서 웃을 수 있는 일이 또 하나 늘었다. 뭐든 간에 재주(라기보다 변화)가 늘어간다는 것은 환영할 일이다. 떼쓰는 재주 말고는 할 줄 아는 것이 없는 녀석인데, 이렇게 하나둘 재주가 늘어난다는 것은 고장 난 뇌 구조에서도 뭔가를 생성해낼 수 있다는 이야기니 말이다.

수술 전에는 무조건 떼를 쓰면서 앙앙대더니 수술을 하고 나서는 나름대로 요령을 터득해가는 모양이다. 어떻게 해야 자신에게 이득인지 알아가는 것인지, 아니면 그저 재미 삼아 저 하고 싶은 대로 하는 것인지 아직은 모른다.

그래도 똥인지 된장인지 구분할 생각도 하지 않던 녀석이 상황에 따른 대처 능력을 가진다는 것은 좋은 현상이다. 그

"흥"_"흥" 하면서 삐치는 시늉을 하고 있는 한빛.

쓰임새를 상황마다 제대로 적용하지 못하더라도, 또 단순히 재미로만 여긴다고 할지라도, 생각하고 판단할 수 있는 훈련이 될 수 있다는 점에서는 대단한 변화를 만들어내는 것이다.

그렇게 조금씩 변해가다 보면 언젠가는 한빛이도 저 하고 싶은 것을 자유롭게 표현하고 행동할 날이 오겠지…….

잘 놀고 와서
포악을 떨다

2박 3일의 너무나 짧은(?) 외출을 마치고 돌아왔다.

토요일 저녁(시간상으로는 자정을 막 넘겼으니 일요일인 셈이다.)에 들어가 보니 녀석은 세상모르고 잠을 자고 있다. 쓰다듬고 뽀뽀하고 볼도 꼬집고 하니 녀석이 희죽 웃으며 일어나 새벽 3시까지 놀다가 다시 잠을 잔다.

일요일, 좀 더 자고 싶은 마음에 눈 안 뜨고 버티는데 이것저것 해 달라는 요구가 쏟아진다. 이놈은 정말 잠도 없다. 와서 때리고, 흔들고, "엄마" 하고 부르며 성화다. 늦게 잠이 들었으니 푹 자고 일어나도 되는데, 녀석이 7시도 안 돼 일어나 부스럭대며 혼자 놀기를 시작한다.

그래도 모르쇠로 일관했더니, 드디어 일을 벌인다. 엄마 지갑 뒤져 돈 꺼내 숨기기, 휴지 뜯어 눈송이처럼 만들어 뿌리기, 책 다 끄집어내기, CD 꺼내 늘어놓기……

녀석이 하는 모양을 가만히 지켜보고 있자니 끝이 없다. 집안은 발 디딜 틈도 없이 마치 폭격을 맞은 것 같다. 안 되겠다 싶어 컴퓨터를 켜서 의자에 앉으라고 하니 가만 앉아 컴퓨터 삼매경에 빠져든다. 내가 어질러진 방을 정리하는 동안 녀석은 경기를 한다. 역시나 아침 일과(경기)는 거르지 않는다.

경기하는 주기가 짧아진다 싶더니 작정을 한 듯 몰아 한다. 5~6회 정도나 다양한 형태로 경기를 한다. 오후에는 한빛이 사촌동생의 돌잔치가 있는데 지금 상태라면 가족 모임에서도 일이 생길 수 있을 것 같아 걱정이 앞선다.

더욱이 할머니가 한빛이를 끔찍하게 아끼시기 때문에, 할머니와 함께 있을 때 녀석이 경기를 하면 그 자리에서는 뭐라 하시지 않지만 며칠 동안 걱정으로 좌불안석이실 게 뻔하다. 그래서 가족 모임을 잡을 때도 한빛이 컨디션 봐가며 잡는데 녀석의 상태가 이러니……

아니나 다를까 우려는 현실로 이어졌다.

한참 잘 놀더니 경기를 해 잔치 분위기에 찬물을 끼얹는다. 할머니와 가족들이 놀라는데, 녀석은 한술 더 떠 코피까지 쏟아냈다. 멈추지 않는 한빛이의 코피를 보고서 속상한 할머니는 걱정 때문에 신경이 날카로워지셨다. 녀석은 그 마음을 아는지 모르는지 여전히 펄펄 뛰어다니며 춤추고 노느라 여념이 없다. 코피 따위는 안중에도 없다는 듯 코를 막으려 하면 오히려 신경질을 부리며 앙탈이다. 결

풍선 장식을 하고서_돌잔치에서도 어김없이 경기를 하고 코피까지 쏟은 한빛. 그 소동을 피우고도 아무 일 없다는 듯 춤추고 노래하고 신나게 놀았다.

국 엄마를 비롯해 여럿이 달려들어 콧구멍을 막는다.

'아까운 피! 저걸 만들려면 얼마나 더 먹어야 하는데……'

경기가 갑자기 많아진 데는 여러 이유가 있겠지만, 우리는 응가를 하지 않아 몸에 열이 쌓여 일어나는 것이라고 추측했다. 정말 우리 추측대로 별일이 아니었으면 한다.

'이놈이 낯선 곳에 잘 모르는 사람들을 만나서 그러나……. 우리 가 아이를 너무 안 데리고 다녀 그러나……'

생각이 거기까지 미치니, 다음은 여행을 다니면서 사람들도 만나 고 어울리는 데 익숙해지도록 해주어야 하나를 고민하게 되었다.

여행하면서 맺은 인연은 각별하다. 녀석에게도 가방 하나 달랑 메고 길을 나서도 걱정이 안 될 정도로 각지에 친구들이 있으면 좋을 텐데……. 이제는 그런 전국구 인맥을 만들 수 있도록 도와주어야 하는 게 아닌가 싶다.

그렇게 되면 언제라도 먹고 자는 문제는 해결이 될 텐데 말이다.

한빛이 시대는 가고

명절에는 늘 긴장하며 지내왔는데 이번 추석에는 그런 걱정 없이 보낼 수 있게 됐다.

해마다 설날과 추석만 되면 병원에 가기 일쑤였던 한빛이 덕분에서 명절은 정말 단출하게 지내왔다. 한빛이의 '명절 증후군'은 가족들에게 명절 기분을 낼 기회를 앗아가 버렸고, 나중에는 가족들도 자연스레 명절을 없는 셈 치곤 했다. 결국 간단하게 상만 봐 놓고 다들 병원에 모여 있으니 명절이라고 할 수도 없었는데, 이번에는 짜아식이 어쩌나 잘 노는지 고맙기까지 하다.

그러나 이제 한빛이의 시대는 가고, 동생들의 시대가 왔다.

사촌 동생들이 빨빨거리며 기고 걷고 하면서 시선이 온통 그리 몰리니 한빛이는 자연스레 찬밥 신세다. 전에는 한빛이가 천방지축으로 돌아다니며 상을 엎거나 음식을 흩뜨리는데다, 칼이며 뜨거운 음식들이 있어 혹시라도 다칠까 신경을 잔뜩 쓰며 지켜봤다. 그런데

이제 그런 사고를 치는 일은 동생들 몫이 되었다.

그러다 보니 한빛이는 자연스레 컴퓨터와 얼굴을 맞대고 앉아 놀게 되고, 녀석이 무언가 요구를 해도 사람들이 건성으로 여기니 정말 한빛이 시대는 가고 있다. 한빛이도 아프다고 어르고 달래주던 시절이 그리울 것이다.

약이 효과를 보는 것인지, 아니면 자라면서 몸 안에서 병에 맞

한빛이는 이제 이순위?_가족 모임에서 한빛이는 이제 뒷전(?)으로 밀려났다. 사고 치는 것도 동생들이고 할머니 무릎 위도 동생들 차지가 되었다. 한빛이 시대도 이제 저물고 있는 모양이다.

서는 무언가가 생성된 것인지 모르지만, 연례행사처럼 치르던 병원행을 (매달 가는 정기검진을 제외하곤) 몇 해 전부터 거르고 조금은 똑똑해진 모습을 보이고 있다. 게다가 심부름 비슷한 것이라도 시키면 해보려 하니 말도 알아듣는 것처럼 보인다. 정말 많이 달라졌다.

장애는 있어도 괜찮지만 아프지만 않으면 된다는 생각을 하는 것도 이런 이유 때문인지도 모른다. 아프면 아무것도 할 수 없다. 경기

를 하면서 쓰러지지 않고 장애 한 가지만 가지고 있다면 가족들의 걱정이라도 조금은 덜 수 있으리라.

연휴 기간 내내 이 집 저 집으로 다니면서도 쓰러지거나 피를 흘리지 않아 가족들 모두가 걱정 없이 잘 지냈다. 이번에도 예전처럼 그랬으면 정말이지 암울 그 자체였을 텐데…….

꼬맹이들이 기어 다니는 통에 사람들의 관심이 온통 아기들에게로 몰린다. 책 하나 달랑 들고 한쪽으로 밀려난 한빛이 녀석은 혼자서도 잘 논다. 한빛이도 자신의 시대가 그렇게 가고 있음을 알고나 있을지…….

'아직은'
위험하지 않다?

경기를 일으키는 뇌파를 억제하기 위해 좌우의 뇌신경을 끊는 수술을 하고 난 뒤 경과를 점검하는 검사를 하러 병원을 찾았다. 태어나서 지금까지 병원 신세를 지면서 온갖 경험을 다 한 녀석이니 이제 검사라면 이골이 날 만도 한데 검사 받을 때마다 떼를 쓰는 것은 여전하다. 검사는 면역이 안 되는 건지…….

한 달에 한 번 정기 검진을 하고 그에 따른 처방을 받는데 그때마다 한바탕 홍역을 치른다. 녀석이 흰색 의사 가운만 봐도 기겁을 하는 통에 조용히 마무리하는 경우가 없다. 그런데 이번에는 그 정도가 좀 심하다. 도저히 감당이 안 될 정도로 검사를 거부하니 결국에는 엄마까지 동원되어 간호사들과 함께 강제 진압을 한다. 어찌나 소리를 질러댔는지 한빛이는 목에 있는 실핏줄까지 터져 벌겋게 일어날 정도다.

대부분의 사람들은 수면 주사 한 대로도 검사를 마칠 때까지 잠을 깨지 못한다는데, 어찌된 것인지 이놈은 주사를 맞아도 잠이 들지 않으니 하는 수 없이 한 대를 더 맞는다. 그렇게 버티다 버티다 잠이 들면, 그 잠깐의 시간에 후딱 검사를 하느라 검사 뒤에는 목까지 차오른 숨을 거칠게 토해낸다. 긴 병원 생활의 기억이나 오롯이 혼자 감당해야 했던 고통스런 시간에 대한 한빛의 잠재의식이 자신을 지켜야 한다는 생각을 만들어내는 것은 아닐까? 마치 이대로 잠들면 또다시 해코지를 당할지 모른다고 여겨 버티는 게 아닌가도 싶고.

단 몇 분이면 끝나는 것을 준비하는 데만 한 시간이 넘으니……. 다 마치고 나와 슬그머니 눈을 뜨는 한빛이를 보며 신발을 신기고 있는데, CT실 직원이 잠이 안 깼으니 조심하라고 한다. 헌데 그 말이 떨어지기가 무섭게 녀석이 벌떡 일어나 '반짝반짝 작은 별' 하는 식의 손장난을 친다.

"뭐 이런 아이가 다 있냐?"

꾸벅 인사하고 녀석이 제 발로 걸어 나오자 CT실 직원은 놀라움을 감추지 못한다.

이런 걸 자랑해야 할까. 미련퉁이라고 부끄러워해야 할까.

그렇게 검사를 겨우 마치고 결과를 보았다. 작은 물들은 많이 사라지고 없지만 큰 것들은 여전히 자리 잡고 앉아 저도 몸의 일부라는 것을 인정하라는 듯 시위를 한다. 뇌를 감싸는 뼈 부분에 물이 차 있고, 뇌실(누구나 이 주머니가 5개나 있다고 한다.)에 있는 물(척수액)이 조금 많아지기는 했어도 아직은 위험하지는 않다고 한다.

그러나 '아직은'이란 말이 더 무섭게 다가온다. 뇌실이 커지면서 뇌를 압박하고 그 때문에 뇌가 점점 작아지는 것도 경기가 심해지는 원인 가운데 하나이기 때문이다. 우리는 그저 녀석이 엄청난 체력으로 극복해나가기를 바랄 뿐이다.

집으로 돌아오는 길에 엄마가 장 보는 시간을 주기 위해 부자지간에 버스 투어에 나섰다. 아직 몸 상태가 정상으로 돌아오지 않아 잠이 들었다가도 일어나 떼를 쓰며 서러워해서 내친 김에 동네를 한 바퀴 돌기로 했다.

헌데 약 기운이 퍼지는지 아이가 버스 안에서 정신없이 잠이 드는 바람에 내려야 할 정거장에서 세 정거장이나 지나버렸다. 하는 수 없이 아이를 깨워 버스에서 내렸다가 다시 거슬러 올라온다. 잠도 실컷 잤으니 돌아오는 버스에서는 앞사람, 옆 사람에게 이것저것 참견도 해보다가 반응이 시큰둥하면 어줍지 않게 한 번 웃어주고는 진짜로 신문을 읽는 것처럼 침까지 발라가며 신문을 넘기면서 혼자만의 놀이에 빠져든다.

수술을 하고 두 달이 되어간다. 수술을 한 후 경기가 많이 줄어 좋기는 하다. 하지만 이 변화가 정상인지 아닌지는 지금은 장담하기 이르며 앞으로 어떻게 변할지는 누구도 모른다고 한다. 6개월을 기다려야 한다니 기다릴 뿐이다. 가시덤불을 걸어가는 그런 기분으로……

모처럼의 나들이

정말 오랜만에 외출을 한다.

외출이라고는 하지만 어디 놀러 가는 것은 아니고, 고생하는 사람들 기운이나 돋아줄까 해서 가는 길이다. 아침 먹고 바로 짐 챙겨 나가자니 한빛이는 쫄쫄 따라나선다. 일요일이라 교통은 수월하다. 사람도 별로 없으니 지하철에서 맘 놓고 떠들면서 간다.

그런데 지하철에서 내린 한빛이가 갑자기 주저앉아서는 응가를 하겠단다. 말을 못하는 녀석은 얼굴에 잔뜩 힘을 주면서 입꼬리를 올리는 것으로 의사 표시를 한다. 안 그래도 응가를 하지 않고 나와 개운하지가 않았는데…… 갈 만한 화장실이 없다. 건물들도 모두 문을 닫아서 마땅한 곳이 없는데, 마침 교회가 눈에 들어왔다. 후닥닥 들어가 녀석을 변기에 앉히니 이미 볼일을 본 뒤였다. 그나마 다행인 것은 큰 게 아니고 작은 거라 옷을 갈아입힌 뒤 다시 아무 일 없는 듯 걸음을 재촉한다. 아직 대소변을 가리지 못해 어디라도 갈라치면 여간 신경이 쓰이는 게 아니다. 옷을 잔뜩 싸들고 다니면 문제될 것은 없지만 그래도 어느 정도는 해줘야 하는데 앞으로도 많은 연습이 필요하다.

그러고도 뭐가 그리 좋은지 이리 뛰고 저리 뛰다가 '퍽' 하고 엎어져 아스팔트에 또 얼굴을 다치고 만다. 그래도 우는소리 없이 털고 일어나 아무 일 없는 듯 뒤뚱 걸음으로 뛰어다니며 좋아라 한다. 오랜만에 나온 먼 길이니 가게마다 들러서 음료수를 마셔대는데, 작정하고 마시면 1.5리터 한 병을 한꺼번에 마실 기세다.

즐거워하는 녀석을 보고 걷다 보니 어느덧 목적지인 농성장이다.

장애아를 둔 부모들과, 예비 교사(대학생), 그리고 장애인이 처한 현실을 개선하기 위해 활동하는 친구들의 요구는 새삼스러운 이야기가 아니다. 특수 교사의 정원을 늘리고, 과밀 학급을 해소해 장애인들도 제대로 된 환경에서 교육을 받을 수 있도록 해달라고 그동안 누누이 이야기했건만, 귀 기울이는 사람이 없으니 농성까지 하게 된 것이다. 한빛이는 농성장에서도 사람들과 잘 어울려 논다. 어디를 가도 처음에만 서먹해 하지 익숙해지고 나면 저 하고 싶은 대로 마구 돌아다니고, 누구라도 붙들고는 책 읽어달라며 극성이고, 먹을 것이 눈에 띄면 알아서 챙겨 먹는 녀석이다. 단지 아무 때나 쓰러지고 넘어가는 것 때문에 집을 나서기 꺼려하는 것이지 다른 걱정은 없다.

한나절을 그렇게 보내고 나니 돌아가야 할 시간이다.

돌아가는 길도 올 때와 크게 다르지 않다. 눈에 보이는 가게는 다 들어가보아야 직성이 풀리고, 음료수라도 하나 물고 가야 한다. 가게에 들어가 적당한 선에서 서로 타협을 하고서 집으로 걸음을 옮긴다. 많이 피곤한지 눈은 반쯤 감겨 게슴츠레한데도 잘 생각은 없는지 차 안에서도 재재거리며 연신 장난질이다. 그래도 투정을 부리지 않는 것을 보면 기분은 좋은 모양이다. 아침에 집을 나섰는데, 집에 돌아오니 저녁이 다 돼 간다.

종일 기운차게 다녀 서로가 기분 좋은 하루였다.

이런 날 외출을 한다면 도시락 싸서 단풍놀이라도 가야겠지만 우리에겐 이 정도 외출도 꽤 큰 결심을 해야 할 수 있는 일이다. 다음번에도 오늘처럼 이렇게 외출할 기회가 주어진다면, 아이는 더 많은 것들을 눈에 담고 귀로 듣고 느낄 수 있을 것이고, 그러면 표현할 수 있는 것들도 그만큼 늘어날 테니 좋지 아니한가.

내일은 또 어디를 가볼까나……

자유다!
자유!!

1.

한빛이는 주말 동안 어린이집 선생님과 함께 보낸다.

선생님이 주말에 한빛이 데리고 놀러나 다녀올까 하는데 괜찮겠냐고 해서 농담인줄 알았는데 정말로 주말을 한빛이와 함께 보내시겠단다. 선생님의 주말 시간을 빼앗는 것은 염치없지만, 대신 그 시간을 한빛이에게 주는 선생님의 선물이라 생각하기로 했다.

사실 이건 한빛이보다 우리에게 더 기쁜 소식이다. 그야말로 입이 귀에 걸리는 빅뉴스다.

우리가 이상한(?) 부모라서 그런가? 남들은 아이와 떨어지면 걱정부터 한다는데, 우리는 자유를 먼저 떠올린다. 어쩌면 아이나 어른이나 서로를 감옥이라 여기며 생활해서 그런지도 모른다. 어른들 입장에서는 한빛이를 지켜보는 것이 녀석의 안전을 걱정하기 때문이지만 결국에는 녀석을 감시하는 모양새가 되고, 한빛이 입장에서는 그런 보호조차 하지 말아야 할 일들만 늘어나는 것으로 느끼게 되는 셈이니 말이다. 이처럼 서로를 구속해야 하는 환경이니 한빛이도 우리처럼 선생님과 보내는 주말을 더 좋아할지도 모를 일이다. 그나저나 선생님 덕분에 즐거운 시간을 보낼 수 있으니 그저 고마울 따름이다.

그런데 '시집가는 날 등창난다'고 하필이면 이런 때 아프고 난리인지……. 이가 아파 술도 못 먹겠고, 좋다 말았다.

덕분에 마님만 신 나게 되었다.

이놈이 가서 예쁘게 지내야 다음에 또 데려가주실 텐데…….

2.

선생님이 또 한빛이를 데려갔다.

'완전' 자유다.

지난번 한빛이를 데려가서 잘 놀고 온 걸 본 다른 선생님이 자신도 한빛이와 함께 지내도 좋겠냐고 하신다. 말 그대로 대박이다. 자식과 헤어져 지내는 것을 이렇게 좋아하다니, 이건 배신이고 배반이다. 하지만 그래도 좋다. 녀석과 티격태격하며 보내던 주말을 이번에는 온전히 평화롭고 여유롭게 누려볼 참이다. 애써 무얼 하려 애쓰지 않고 그저 시간이 흐르는 대로 함께 흘러가면서 머릿속도 좀 정리하려 한다.

기특한 녀석 같으니라고. 지난번 경험을 살려 이번에도 좋은 추억을 만들어 잘 기억하고 와야 하는데……. 아직 몸이 완전치 않아 걱정이 되기도 하지만, 그래도 가끔은 이렇게 서로 떨어져 있어야 정도 더 돈독해지고, 서로가 귀한 존재라는 것을 인식할 수 있을 테니 실보다 득이 훨씬 많다.

동막골에도 가보고, 늘어지게 낮잠도 좀 자고, 그동안 제대로 못한 집안 먼지도 털어내야지. 이번에는 저번처럼 술로 시간을 낭비하지 말고 잘 지내봐야겠다(이번이 한빛이 녀석 덕분에 얻은 세 번째 휴가다!).

선생님들이야 고생이겠지만(매일 어린이집에서 보는데, 데이트도 미루고 집에서 또 봐야 하니.) 우리야 좋기만 하다. 선생님이 예의상

어디 한 번 떠나볼까?_어린이집 선생님과 주말을 보내러 떠나는 한빛. 옷가지를 싸서 가방에 집어넣으니 한빛이가 가방을 메고 있는지 가방이 한빛이를 메고 있는지 모를 지경이다.

(?) 한 말을 그냥 놓치지 않고 불도그처럼 물고 늘어져 기어코 아이를 떠넘기고 만다. 이런 기회가 아니면 한빛이 녀석 때문에 술 먹을 짬을 내기가 어렵다. 술이 원수지 뭐……

　날이 쌀쌀해져 옷을 챙겨 가방에 넣으니 한 짐이다. 커다란 가방을 아이에게 지우니 녀석이 가방을 든 건지 가방이 녀석을 들고 있는지 모를 지경이다. 가방을 메지 않고 벗으려는 녀석을 살살 구슬려 기어코 메게 만든 뒤 온갖 비위 맞춰가며 길을 나선다. 힘에 부치는지 자꾸 벗으려고 하는데, 그래도 끝까지 들게 하니 또 둘러메고 간다. 아무튼 단순해 터져설랑…….

3.

　2박 3일의 모꼬지, 녀석도 좋아할 것이다.
　구박만 하는 아비 곁을 떠나니 하늘을 나는 기분일지도 모른다.
　나는 자꾸 비실비실 웃음이 나온다. 딴 사람들이 보면 미쳤다고 하겠지.
　으하하하.

　내년에 학교에 가도 이런 기회가 또 있을까?

할아버지와 손자

한빛이와 다니면 종종 할아버지와 손자로 보는 일이 있다.

그런 오해를 받는 것은 내 얼굴이 원래 나이가 들어 보이는 것도 이유이겠지만, 하고 다니는 행색 때문에 더 그렇다. 꾸미는 것에는 도통 관심이 없고, 주름 가득한 얼굴에 면도도 하지 않으니 나이가 더 들어 보이는 모양이다.

나이 들어 보인다는 말은 하도 들어 이제는 귀에 딱지가 앉을 지경이다. 이 정도가 되면 남들은 팩을 하거나 화장품을 좀 발라보거나 하는, 그야말로 얼굴에 약간이라도 투자를 해야 하는 상황인데, 나는 그런 일은 나랑 무관하다 여기며 신경 쓰지 않는다. 대신 허허 하고 웃어넘긴다.

그런데 오늘은 황당한 일이 있었다.

집에서 좀 떨어진 마트에 가서 이것저것 사 들고 택시를 타고 돌아오는 중에 한빛이가 나를 "형" 하고 부른 것이다.

운전기사 아저씨가 그 소리에 깜짝 놀라 나를 힐끗 쳐다보고 뒷자리도 한 번 돌아보며 의아해 한다. 뭐라 말은 못하고 자꾸 쳐다보기만 하는 것이다. 하는 수 없이 장애가 있는 아이고, 말을 못하고, 덩치는 이래도 지능이 두 살 정도라는 이야기를 해주었다. 이제 막 형이란 말을 배웠다는 것도 일러주었다. 그러니 기사 양반이 허허 웃으면서 "그렇죠?" 한다.

나는 누구? _ 형? 그럴리가……. 할아버지? 눈가의 '애교' 주름과 흰머리 '조금' 때문에 이런 오해를 받지만, 나는 한빛이 아빠라고요!!

생각할수록 웃긴 상황에 나는 터져 나오는 웃음을 주체하지 못하고 큭큭거렸고, 뭣 때문인지 신이 난 한빛이도 장난을 치며 즐거워한다.

아무리 그랬기로서니 형제로 보다니…….

상상의 나래를 펼쳐 한빛이와 형 동생 관계를 만들어보니 재미있다. 하늘에서 할아버지가 보고 계신다면 정말 박장대소하며 즐거워하실 일이다.

어린이집 선생님들께

아이와 함께 살아오는 동안 늘 불운에 대해 생각해왔다.

아이의 상태가 조금이라도 나빠지거나, 경기를 심하게 해 정신을 차리지 못하거나, 잦은 병원 출입으로 서로 힘든 시간을 보내거나, 기운 없이 쓰러져 일어나지 못할 때마다 '왜 이 아이에게 이런 일이 일어나야 할까?' 하는 생각을 하곤 했다. 마음먹은 대로 되지 않는 일들과 꽈배기처럼 꼬이는 상황들 때문에 늘 불만스러웠다.

그러나 다른 한편으로 물질적으로는 점점 바닥이 드러날 정도로 나빠져도 곁에 있어주는 친구가 있으므로 행복하다며 위안해왔다. 가만히 생각해보면 돈과는 거리가 먼 삶을 이어왔고 앞으로도 상황은 나아지기는커녕 더 나빠질 게 분명하지만, 그런 중에도 주변이 사람들로 늘 북적이니 나 스스로 이만 한 부자가 없다고 생각해왔다.

행운이란 것이 물질적인 것으로만 다가오는 것이 아니라, 이렇게 마음으로 위하고, 위로해주며, 웃음을 주는 사람들이 늘어가는 것도 커다란 행운이라 할 것이다. 아이가 장애에다 병까지 앓고 있으면서도 늘 웃으며 생활하는 모습을 보면서, 그 안에서 나를 보게 되었고, 새로운 사람들을 알아가게 되었다. 가치를 따질 수 없는 그런 보물들이 늘어가고 있으니 이보다 더한 행운이 없다. 흔히 인복은 하늘이 준 가장 소중한 자산이라 한다. 아이도 그렇고 우리도 그렇고 그 소중함을 넘치도록 전해주는 많은 이들 때문에 웃을 수 있고 팍팍한 현실을 견뎌내는 것이리라.

특히 어린이집 선생님들과의 만남은 우리 가족에게는 다른 무엇과도 견줄 수 없는 행운이었다. 어린이집에서뿐 아니라 따로 아이와 함께 보내주신 시간들도 모두 따뜻하고 행복한 기억이 되었다. 선생님들이 아이와 함께한 흔적들을 보고 있노라면, 부모인 우리가 하지 못한 역할까지 대신해주신 것 같아 얼마나 다행인지, 얼마나 고마운지 모르겠다.

선생님 집에서 하루를 보내면서 할머니들께도 예쁘게 보여서 다른 선생님에게서도 한빛이와 함께 보내고 싶다는 이야기가 나왔다. 한빛이에겐 이것이 단순히 놀러 갔다 오는 것 이상의 의미를 갖는다. 다른 이들과 함께하고 다른 환경에서도 지내는 법을 배울 수 있는 두루두루 좋은 기회인 것이다.

한빛이에게 아무리 좋은 일이 될지라도, 마음에서 우러나오지 않으면 이런 일을 행동으로 옮기기란 쉽지 않다. 그럼에도 기꺼이 나서주시는 선생님들 덕에 아이는 감성이 풍부해지는 경험들을 하게 되었다. 아비나 아이나 인복 하나는 타고났다고 어디 가서 자랑해도 될 듯하다.

'아름다운' 어린이집 선생님들과_ 선생님이라는 역할로만 제한하지 않고 그 이상의 애정을 아이들에게 쏟아부어주신 선생님들. 이런 선생님들을 만난 것이 한빛이와 우리 가족에게는 무엇과도 바꿀 수 없는 행운이다. 사진 위 왼쪽부터 배정은, 김지연, 김은주 선생님, 사진 아래는 이은경 선생님.

사람들은 돈도 안 되는 인간관계라면 정리해버리는 게 낫다고 말하지만, 주변에 마음을 나누고 의지하는 사람이 있다면 그 사람이 물질보다 더 큰 힘이 된다. 물론 이것이 경영 관계 서적에나 나올 법한 이해관계를 따지는 인맥 형성이 아님은 분명하다. '인복人福'의 '복' 자가 괜히 붙은 게 아닌 것이다.

아무튼 한빛이는 이번에도 좋은 추억 거리가 생겼다. 그 추억이 나중에 더 커다란 무엇인가로 나타나기를 바랄 뿐이다.

사람이 든 자리는 표가 안 나도 난 자리는 금방 표가 난다더니, 늘 복작대며 으르렁대던 녀석이 없으니 왠지 모르게 허전하다.

방귀 뀌다 응가를?

처음에는 장난으로 시작을 했는데 이제는 계속하면 안 되겠다 싶을 정도다.

뭔고 하니, 한빛이가 방귀를 뀔 때 내가 "아휴, 냄새." 하며 손으로 부채질을 몇 번 했더니, 요즘은 녀석이 언제 어디서건 가리지 않고 억지로 엉덩이를 들썩이며 방귀를 뀌고는 손을 휘저으면서 냄새를 날리는 시늉을 하는 것이다.

결국 방귀를 뀌다 팬티에 응가까지 묻히고 만다. 엉덩이에 묻은 응가는 상처에 앉은 딱지처럼 말라비틀어져 더운물로 씻어내는데도 잘 안 떨어진다. 한참을 씻고 나서야 말끔해졌는데, 녀석은 아프다고 어린양을 한다.

안 되겠다 싶어 "이제는 하지 마세요." 하고 말하면, 두꺼비 파리 잡아먹듯이 "네, 안 돼요." 하고 대답한다. 무슨 뜻인지도 모르면서 배운 단어 몇 가지를 아주 적절하게 열심히 써먹는다. 언어 구사 능력이 거의 없는 녀석은 의사 표현을 몸으로 한다. 그런데 자신에게 꼭 필요한 단어는 신통하게도 기억을 하고 있다.

'물, 컵, 우유' 등과 '주세요, 안 돼요, 아파요, 안녕하세요.' 정도가 녀석이 사용하는 단어, 문장의 전부라 할 수 있다. 이 몇 가지의 단어만으로 우리끼리는 대화가 가능하다. 서로 말을 주고받는 대화가 아니라 어른은 말로, 아이는 몸짓으로 하는 대화다. 오랜 시간 자연스럽게 만들어진 방식이기에 우리끼리의 소통에는 문제가 없다. 그렇다고 녀석이 내 말을 모두 알아듣는 것은 아니다. 내가 아이에 맞춰 이야기를 하다 보니 문제가 없다는 뜻이고, 막무가내로 떼를 쓰는 경우를 제외하고 일상생활에 불편이 없을 정도다.

그렇게 몇 개의 단어를 가지고 상황에 맞춰 써먹는 것을 보면 제대로 뜻을 이해하고 쓰는 것인지 의심이 들 때가 많다. 영화에서처럼 다 알고 있으면서 다른 세계나 인간에 대한 두려움 때문에, 아니면 지금이 가장 편하고 좋다는 생각 때문인 것은 아닌지 하는 엉뚱한 상상을 해보기도 한다.

뭐 하나 가르치면 오래도록 쓴다. 그런데 공부와 관련한 것을 가르치면 머리에 집어넣지를 않는다. 천생 이놈은 공부와는 담을 쌓고 예능 쪽으로 가르쳐야 할 모양이다. 노는 건 참 잘하니까.

그나저나 억지 방귀를 못하게 하려면 대신에 다른 무언가를 생각해내야 하는데 뭘 해야 할까?

아침에 만나는 아짐

어린이집에 가는 길에 가끔 태릉역에서 만나는 아주머니가 한 사람 있다. 물론 서로 모르는 사이다. 그런데 요 며칠 부쩍 한빛이를 아는 척을 한다. 같은 시간대에 마주치다 보니 옆집 아줌마를 보는 것 같기도 하다.

엊그제는 지하철을 기다리면서 한빛이와 의자에 앉아 있는데, 옆에 있던 아주머니 두 명이 힐끔거리면서 우리를 자꾸만 본다. "여자애야", "아니라니깐, 남자애야." 하며 둘이서 소곤거리다가 한 아주머니가 대뜸 "너 고추 있지?" 하는 거다. 다른 아주머니는 여자애가 분명하다며 한빛이를 빤히 쳐다보며 대답을 기다린다.

"남자인데요." 하고 내가 대답을 하자, 그 두 사람은 놀라는 표정으로 "핀도 꼽고 다니던데……" 하면서 생긴 거나, 얼굴 뽀얀 거나, 영락없는 여자인 줄 알았다며 다시 한 번 한빛이를 쳐다본다. 여전히 믿지 못하겠다는 그런 표정으로.

아이의 머리 길이는 단발머리 정도인데 계속 기르는 중이다. 녀석이 불편해 하는 것 같아 어느 때는 고무줄로 묶어주고 또 어느 때는 핀을 꽂아주기도 하니 종종 이런 오해를 받기도 한다.

'갈래머리' 소년 _ 여자아이처럼 갈래머리를 하고 있지만 한빛이는 엄연히 남자다.

머리를 기르는 데는 이유가 있다. 지금보다 조금 더 길러서 머리를 뒤로 묶어주려는 것인데, 그렇게 하면 혹시라도 녀석이 뒤로 넘어가더라도 머리가 깨지거나 주먹만 한 혹이 생기는 일은 피할 수 있지 않을까 해서다. 일종의 쿠션 역할을 기대하는 것이다. 과학적인 생각은 아니지만 머리에 손대는 것을 싫어하고, 모자 쓰는 것도 싫어하는 녀석의 머리를 보호하는 방법이 없을까 고민하다 짜낸 생각이다.

그 일이 있은 후 태릉역에서 지하철을 같이 갈아타면서 그 아주머니를 만나면, 아주머니는 공연히 한빛이를 쿡쿡 찔러대면서 친한 척을 한다. 그런데 그럴 때마다 한빛이 반응은 영 신통치 않다. 다른 때 같으면 환하게 웃거나 살짝 미소라도 흘리면서 고개를 돌리곤 하는데, 어찌된 일인지 이 아주머니를 만나면 심드렁한 표정이다.

암튼 이놈은 여기저기 관심을 보이는 사람이 늘어가고 있다는 것을 즐기며 살아갈지도 모를 일이다. 생전 일면식도 없는 사람들까지 기억해주고 있으니 말이다.

아이 엄마는 깔끔하게 이발을 시키자고 하지만, 나는 한빛이의 머리를 더 길러서 댕기 동자를 만들어줘야지 하고 있다. 그러면 안전에도 조금 더 좋을 테고, 더 많은 사람들이 한빛이를 기억해줄 테니까. 혹시라도 지난번처럼 저 혼자 지하철을 타고 휑하니 어디라도 가면 머리 모양 때문에라도 사람들의 눈과 의식에 남아 있을 것이고 그러면 조금은 더 쉽게 흔적을 찾아갈 수 있을 테니 말이다.

크리스마스트리가 정말 싫다

첫눈이 온 뒤 길이 온통 빙판이다.

몸에 잔뜩 힘을 주고 조심조심 걸어도 시원찮은 마당에 한빛이는 거침이 없다. 뭐, 세상에 겁날 것이 없는 녀석이다 보니 얼음이 얼건 눈이 산처럼 쌓이건 신경을 안 쓴다. 눈이 와 세상이 온통 하얗게 변한 것이 신기한 듯 발길질도 해보고, 입김이 나오는 것이 재미난 듯 호호 불기도 하며, 눈〔雪〕을 보고 눈〔目〕을 동그랗게 뜨고 입도 동그랗게 오므리고 연신 탄성을 터뜨린다. 눈을 한주먹 쥐어보더니 "어, 추워!"를 연발한다. 손이 바로 얼음장이 된다.

그런데 잘 놀던 녀석이 뭔가 또 심사가 틀어졌는지 지하철을 기다리다 이유 없이(제 딴에는 이유가 있겠지만) 떼를 부리기 시작한다. 녀석이 이렇게 갑자기 문제 행동을 할 때마다 내가 써온 방법은 녀석의 분이 다 풀릴 때까지 그냥 내버려두는 것이다. 힘으로 제압할 수도 있겠지만, 그렇게 하면 성화만 더 심해지기 때문이다. 그래서 이번 열차는 그냥 보내도 그만이라 생각하고 저 하고픈 대로 가만히 두고 보면서 모른 척한다.

이럴 때는 주변에서 가만히 있는 것이 돕는 것인데, 역무원 아저씨가 관심을 보인 게 화근이다.

"왜 그래? 너 이러면 혼난다."

역무원 아저씨의 한마디에 녀석이 한술 더 떠 떼를 쓴다. 열차가 도착해서 사람들이 우르르 열차에 올라타는데, 녀석은 여전히 탈 생각은 안 하고 울고불고하기만 한다. 답이 안 나온다. 열차 출발 시간이 되었는데 녀석이 노란선 밖에서 저렇게 드러누워 있으니 역무원 아저씨는 승차하라며 재촉을 한다. 하지만 녀석은 여전히 막무가내다.

아비라는 사람은 옆에 서서 지켜만 보고 있는데, 도리어 역무원 아저씨가 아이를 달래고 있으니 역할이 뒤바뀐 것처럼 보인다. 살살 달래도 보고 은근히 협박도 해보지만 녀석이 요지부동이니 역무원 아저씨도 그만 포기를 한다. 주변의 시선들이 사라지자 뚱해진 녀석은 슬그머니 눈치를 보더니 일어나 냉큼 차에 오른다.

이윽고 공릉역 도착.

한빛이는 크리스마스트리의 전구가 반짝이는 걸 보더니 좋아서 어쩔 줄을 모른다. 트리 주변을 빙빙 돌며 트리 장식들을 잡아당기고, 어떤 것은 아주 제 것인 양 가져오고, 장단을 맞추듯 불빛을 보며 손가락을 까딱이고, 울긋불긋한 것이 마음에 드는지 도무지 움직일 생각을 안 한다. 그러다 공중전화 부스에 들어가 전화를 한다며 수화기 들고 숫자판 누르기에 여념이 없다가 다시 트리가 눈에 들어오면 쪼르르 달려가 주변을 빙빙 돌고 있다. 나만 다급해 할 뿐이고 녀석은 마냥 즐겁기만 한 것이다.

그렇게 마냥 여유를 부리며 놀다가 지하철 역사 밖으로 나왔더니 빵집 앞에 커다란 크리스마스트리가 또 있는 게 아닌가. 여기는 인형 장식까지 있어 단박에 한빛이의 눈길을 사로잡는다. 지하에 있을 때는 바람이라도 피할 수 있었는데, 지상으로 나오니 바람은 불지, 녀석은 걸음을 멈추고 꼼짝도 않지……. 손은 꽁꽁 얼고, 볼은 추위에 붉게 변해가니 슬그머니 화가 난다. 한 대 쥐어박고 끌고 가고 싶은 마음이야 굴뚝같지만 꾹 참으며 아이의 시선을 끌 만한 무언가를 찾아본다. 아무것도 없다.

정말이지 싫다. 크리스마스에 연말이라 세상은 캐럴에 크리스마스트리로 한껏 들떠 있다. 사람들이 연말 분위기를 즐기는 것이야 뭐라 할 수 없는 노릇이지만, 한빛이를 생각하면 이런 장식들이 너무나 싫다. 역에서 어린이집까지 가는 동안 몇 개나 더 이런 장식들을 지나쳐야 할까.

내가 이렇게 트리나 장식에 예민하게 반응하는 것은 한빛이가 감기가 들까 염려해서이다. 한빛이가 이렇게 들떠 놀다가 감기라도 걸리면 다른 아이들 감기와는 비교할 수 없는 위험한 상황이 되기 때문이다. 한빛이의 경우 열이 오르면 다시 예전 상태가 재발할 수도 있어서 다른 무엇보다 감기를 가장 큰 병이라고 여기고 찬바람이라도 불면 꼼짝도 안 할 정도로 조심하고 있다. 그러다 보니 지금처럼 추운 데서 오랜 시간을 있게 되면 괜히 불안해지는 게 사실이다.

어린이집에 연락을 해보니 아직 통원 차량이 지나가지 않았다고 해서 선생님들께 도움을 청하는 전화를 했지만 받지를 않는다. 어린이집 버스가 우리 집 방향으로 오지 않아 평소에는 어린이집 차량이 아니라 대중교통을 이용하고 있는데, 공릉역에서 어린이집까지라도 얻어 타고 싶지만 버스가 늘 우리보다 역을 먼저 지나치는 바람에 그조차 어려웠다. 오늘 같은 날은 버스가 아직 지나가진 않았다지만 선생님과 연락이 안 되니 그냥 가는 수밖에 없다.

결국 지켜보는 것도 한계에 이르렀다. 힘으로라도 녀석을 끌고 올까 하다 내버려두고서 모른 척 와버리니 앙앙거리며 따라온다. 녀석은 울고불고 난리가 아닌데, 내가 숨바꼭질을 하듯 전봇대 뒤에 숨어 "아빠 없다."고 하자 어느새 울음을 거두고 슬그머니 관심을 보인다. 잡힐 듯하면 쪼르르 도망가서 숨고, 다가오면 "까꿍" 하며 또 달아나 숨으니, 트리에 대한 관심이 사라지고 울음도 그친 것이다.

그렇게 전봇대에 숨고, 쓰레기통에 숨고, 한 걸음 차이로 떨어져 숨고 도망치기를 몇 번이나 반복한다. 덕분에 역에서 어린이집까지 한달음에 달려갔다.

크리스마스 시즌은 이제 시작인데, 앞으로 한 달을 그렇게 보내야 한다고 생각하니 걱정이 앞선다.

한빛이는 마징가 제트

오늘은 매달 있는 정기 검진을 받는 날이다.

기대 반 우려 반으로 병원을 찾아가지만 결과는 늘 우려가 대부분이다. 이번에도 어김없이 그랬다.

담당 선생(신경외과)은 한빛이를 보고, 몇 마디 물어보더니 크게이상은 없어 보인다고 하면서 검사를 해보잔다. 겉으로 드러나는 것은 크게 차이가 없어 보이지만 한동안 정밀 검사를 하지 않았으니이번에 해보자는 것이다. CT나 MRI, 피 검사, 초음파 등 해야 할 것들이 많은데 이번에는 간단하게 CT만 찍어보자니 다행이다. 검사를받으려면 입원을 하는 것이 편하기는 한데 그런 이야기도 없다.

이런저런 검사를 할 때마다 쉽게 넘어간 적은 없었지만 이번에는상상을 초월할 정도의 일이 벌어졌다.

CT실에 내려가 대기를 하고 있는데 젊은 의사가 내려왔다. 전에소아과 병동에서 한빛이를 봐주던 양반이다. 얼굴에 걱정이 가득하다. 이미 한빛이의 이력을 잘 알고 있는 양반이라 검사할 게 걱정이 되는 모양이다. "주사 안 맞고 한 번 해보자."며 "정말 짧은 시간이니 가능하지 않겠냐."고 해서 아이를 답삭 안아다 눕혀 놓고 팔을 묶자마자 난리가 났다. 이대로는 안 되겠고 조치가 필요하겠다고 하여 일단 다음 사람에게 순서를 양보했다.

그래서 맨 정신으로 검사 받는 것은 포기하고, 수면 주사를 한 대 놓고서 녀석이 잠들기만 기다리는데 기대와는 딴판이다. 이걸로는 어림도 없겠다는 말에 다시 한 대 더 놓고 기다리는데 역시나 꿈쩍도 안 한다. 아예 잠들 생각이 없는 녀석처럼 보인다.

강철 체력의 마징가 제트인 한빛이 때문에 우리는 모두 혀를 내두르며 헛웃음만 웃는다. 결국 1시간 반을 그렇게 허비하자 열이 뻗쳐 참지 못한 어른들에게 쥐어박힌다. 녀석이 내 가슴을 파고들며 펑펑 운다. 어찌나 서럽게 울어대던지…….

결국은 의사 선생을 만나서 한빛이가 잠을 안 자 실패했다고 하자, 선생도 기가 막히는지 웃음을 터트린다.

의사 선생은 "괜히 주사만 두 대 맞았네." 하며 아무 때나 맘 내키는 시간에 오라며 집에 가란다. 딱히 이상이 있어 검사를 하려던 것이 아니니 너무 걱정 말라며 다음에 다시 해보잔다.

정말 희한한 녀석이다. 어른도 주사 한 방이면 쓰러진다는데…….
어휴. 다음번에는 잘할 수 있을지 벌써부터 걱정이다.

두 번째
졸업식

다시 어린이집으로

아픈 마음으로 한빛이의 초등학교 입학을 다시 유예시켰다.

작년에 뇌 수술을 했는데 다시 문제가 생겼기 때문이다. 입학을 앞두고 병원에 가서 검사를 했는데, 왼쪽 뇌에 이어 오른쪽 뇌에도 이상이 생길 것 같으니 수술을 하는 것이 어떠냐고 한다. 물이 차서 뇌가 압박을 받고 있는 것을 해결해야 한다는 것이다.

담당 의사에게 당장 해야 할 정도의 시급한 상태냐고 재차 물어보니, 의사 말이 그 정도로 심각한 수준은 아니지만 아이를 위해서는 수술하는 게 좋겠단다. 수술이 성공할 확률은 얼마나 되냐는 질문에는 반반이라고 답해준다.

의사와 상담하고 나니 수술이 더더욱 내키지 않는다. 수술을, 그것도 뇌 수술이란 것을 하는데 성공할 가능성이 절반 정도라면 안 해도 그만이 아닌가? 여기에 아이 학교 문제까지 있으니 결정을 내리기가 쉽지 않다. 입학을 하느냐 연기를 하느냐로 많은 고민을 하다 결국은 아이가 편하게 지낼 수 있도록 해주는 것이 좋겠다는 생각에 입학을 연기하게 된 것이다.

　다시 한 해를 쉬기로 결정을 한 뒤 입학을 앞둔 부모님들에게 연
락을 하자, 모두들 걱정이 많이 되는 모양이다. 그분들로서는, 학교
측이 특수 학급을 설치하는 데 내가 주도적으로 나선 탓에 한빛이가
입학을 하면 서로 의지가 되겠구나 하고 생각했을 터인데 정작 한빛
이가 쏙 빠져버렸으니…… 결국 한빛이를 제외한 다른 아이들은 입
학을 했다. 그런데 이틀쯤 지나 한 어머니에게서 연락이 왔다.

　특수 교육 보조원(장애 아동의 활동과 학습을 보조하고 장애 아동이
학교생활에 잘 적응하도록 돕는 도우미 선생님) 문제도 그렇고 학교에
서 상처를 많이 받았단다. 어떻게 해야 할지 모르겠다면서 연락을
한 것이다. 안 그래도 특수 교육 보조원 문제로 여기저기 알아보고
있던 차에 연락이 온 것이라 더 미안했다.
　그 어머니 말이 처음 만난 담임선생 하는 말에서 벌써 찬바람이
불더란다.
　"이 아이 때문에 학급 분위기 어수선하겠네……"
　"작년에도 이런 아이가 있어서 많이 힘들었는데, 그나마 학기 초
에 전학을 가서 좋았어요."
　"보조원은 필요 없습니다. 무슨 감시하는 것도 아니고……"

　한숨을 쉬며 학교 이야기를 전해주는데, 너무도 힘든 상황임이 바
로 느껴졌다. 학교에 간 지 겨우 이틀인데 어떻게 이럴 수가 있단 말

인가. 게다가 다른 선생님은 "보조원이 없으면 힘드니까 어디 친척이라도 사서 사비로 보조원을 두면 어떨까요?"라고 은근하게 말을 건네더란다. 무조건 일 년만 버티라고, 보조원은 어떻게든 알아보겠다고 이야기하고서 헤어지는데 한숨이 절로 나왔다.

한빛이를 위해 특수 학급을 만들어놓고는 입학을 하지 못했으니 나는 어찌되었거나 제삼자다. 그러다 보니 학교에 무언가를 요구하거나 제안하기가 쉽지 않다. 남은 아이들이 차별을 받는 것을, 또 그 부모들이 항의도 못하고 고개를 숙이는 모습을 지켜보는 입장이 된 것이다.

장애를 가졌다는 것은 우리 사회에서는 일종의 결격 사유로 작용한다. 그래서 인간으로서의 존엄도 인정받지 못한다. 단지 아이가 장애가 있다는 이유로 그 부모들은 누구에게도, 어디에서도 자신의 생각을 분명히 밝히지 못한다. 그래서는 안 된다고 말을 해도, 막상 그런 상황이 닥치면 마음처럼 안 된다고들 이야기한다. 아이를 위해 스스로 죄인이 될 수밖에 없다고들 말한다.

학교는 아이들이 올바른 가치관을 형성할 수 있도록 도와주는 곳이라 생각해왔는데 그런 것이 아닌 모양이다. 학교가 해야 할 일을 학부모에게 전가하는 것이 너무도 자연스러운 일이 되고 있다. '의무' 교육이란 것도 결국은 장애가 없는 아이들의 몫이고, 몸이나 정신이 불편한 아이들에게는 다른 세상의 이야기다. 누구나 평등한 세상이라고 말을 하지만 장애를 가진 사람은 그 '누구나'의 범주에 들지 못하는 세상인 것이다. 답답한 놈이 우물을 판다고 헌법 소원이

졸업식이 아니라 입학식을 하고 싶다!!_어린이집 졸업식, 벌써 몇 번째인지……. 이번에도 졸업식을 하고 난 뒤 가방을 싸서 다시 어린이집으로 향한다. 왼쪽은 2006년의 두 번째 졸업식, 오른쪽은 2007년의 세 번째 졸업식.

라도 내야 하는 것인지…….

그런데 입학까지 미루고 간 병원에서는 검사를 하고 또 하며 시간만 잡아먹더니 나중에는 수술이 위험하다는 이야기를 한다. 수술을 하다가 잘못하면 심각한 문제가 생길 수 있다는 것이다. 어려운 전문 용어는 모르겠고 의사가 풀어서 하는 말로는, 아이의 두개골 주변에 물이 차 있는데 수술을 위해 절개를 할 때 혹시 그 물이 안으로 스며들면 아이가 깨어나지 못할 수도 있단다.

학교까지 쉬기로 하면서 그렇게 요란을 떨었는데 정작 수술은 하지도 못했다!

한빛이는 작년에 이어 올해도 거창하게 어린이집 졸업식을 했다.

어린이집 졸업식만 벌써 두 번째라니……. 졸업식은 했지만, 학교에
가지 못하는 한빛이는 오늘도 주섬주섬 가방을 챙겨 다시 어린이집
으로 향한다.

한빛이의 첫 기차 여행

오랜만에 기차를 타고 주말여행을 간다.

'오랜만'이라고는 했지만 이 말은 실은 여행을 자주 다녔던 나와 마님, 우리 두 사람에게 해당하는 것이고, 한빛이는 처음인 것 같다. 그래서 기차를 처음 타는 한빛이의 반응이 사뭇 궁금하다.

용기를 내지 않으면 어지간해서는 멀리 가는 것이 쉽지 않은 처지인데, 외할머니 생신을 맞이해 함께 가족 여행을 한다는 핑계로 집을 나선다. 배낭은 무거웠지만, 두려움과 설렘으로 나선 길이라 발걸음은 가볍다. 책도 넣고, 음료수도 준비하고, 그림 카드도 챙겼으니, 떼를 써도 충분히 달래가며 갈 수 있겠다는 자신감도 생긴다. 가족 여행이지만 출발은 다르게 하기로 했다. 우리는 기차와 버스로 가고, 외할머니 일행은 따로 가서 목적지에서 만나기로 한 것이다.

지하철로 용산역까지 가는 동안은 그림 카드를 가지고 잘 놀았다. 별다른 투정 없이 긴 구간을 가니 즐거운 여행이 될 것 같은 예감이 절로 들었다. 기차를 타고서 한 시간 반을 가는 동안에는 도시락도 먹고, 삶은 계란에 음료수도 마시고, 잠도 한 숨 자고, 깨서는 창밖으로 지나가는 풍경도 보면서 제대로 여행의 맛을 느껴본다.

그런데 온양역에 도착해서 다시 버스로 갈아타면서 녀석이 슬슬 짜증을 내더니 나중에는 떼를 쓰기 시작한다. 음료수로 겨우 달래 버스에 올랐을 때까지만 해도 좋았는데 왠지 모를 불안한 생각 때문에 음료수 병을 빼앗으려 한 것이 화근이었다.

이런 경우를 두고 설레발친다고 하나. 기분이 안 좋은 상태로 차에 올랐으니 차에서도 그렇겠거니 생각한 것도 그렇고, 혹시라도 음료수를 쏟으면 민폐가 될 테니 미리 음료수를 뺏으려 한 것도 그렇다. 가만 내버려뒀으면 별일 없었을 것을 내가 괜스레 긁어 부스럼을 만든 것이다. 음료수병을 뺏기고 가만있을 녀석이 아닌지라 결국엔 버스 안에 음료수를 다 쏟았다. 우리와 눈이 마주치자 저도 미안한지, 아니면 맞기라도 할까 겁이 났는지 아무튼 막무가내로 드러누워 울기 시작한다.

조용하던 시골 버스 안은 한빛이 녀석의 울음소리로 시끄러워지고 사람들의 시선이 모두 우리에게 꽂힌다. 자리를 양보해주는 아주머니에, 어떻게든 달래보려 주섬주섬 가방을 뒤져 과자를 주시는 할머니까지.

내가 "장애가 있어서 그런다."고 이야기하자 충고도 핀잔도 다 들어가버린다.

그리고 안쓰러워하며 한마디씩 한다.

"허여멀겋게 잘생겨서 어쩌다 그러누."

"저도 미안해서 그러는 모양이네."

"몇 살이니?"

시간이 지나고 한빛이에 대한 사람들의 관심이 잦아들자, 녀석도 그걸 느꼈는지 은근슬쩍 일어나 자리를 차지해 앉는다. 내려야 할 곳을 모르는 우리는 할머니들의 도움으로 목적지에 무사히 내렸다.

현충사에서_까불까불 잘도 돌아다니던 한빛이가 사진을 찍는다고 하니 얌전하게 포즈를 취하고 있다.

토요일에는 저녁을 먹고 노래방에 갔는데 제 흥에 겨운 한빛이가 마이크를 놓지 않고 노래마다 끼어들었다. 모처럼의 기회다 싶었는 지 마이크를 입에 넣다시피 하고는 고래고래 소리를 지르며 실컷 뛰고 놀더니 돌아와서는 조용히 잠이 든다.

일요일에는 현충사에 갔는데, 녀석이 발바리처럼 돌아다니며 자판기만 보면 "물 주세요." 하며 들러붙어 떨어지지 않는다. 자판기마다 돈을 넣어야 하는 것을 알았는지 이제는 돈 넣으라고 주머니를 뒤적이기까지 한다.

　주말을 그렇게 보내고 갈 때와 마찬가지 방법으로 집으로 왔다. 돌아오는 길에도 한빛이는 눈에 보이는 것은 모두 가지려고 안간힘을 썼고, 우리는 어떻게든 녀석의 눈길을 돌리려고 안간힘을 썼다. 다행히 기차 안에서는 이틀간 피곤한 것들을 털어내려는 듯이 이내 잠이 들어 용산역에 도착해서야 일어났다. 녀석이 과자 한 봉지와 그림 카드에 정신없이 빠져 있는 사이 무사히 집에 도착했다.
　어지간히 피곤한 모양이다. 아홉 시도 안 돼 곯아떨어지고 만다.

할머니

아침 8시, 한빛이는 아직 눈도 안 뜨고 뭉그적거리고만 있다. 요란한 벨소리에도 꿈쩍도 안 하고 버티기를 계속하고 있다.

"아직 안 일어난 거냐?"

한빛이 할머니 전화다. 이렇게 이른 시간에 할머니가 전화를 하시는 경우는 급한 일이 생겼거나, 아니면 먹을 것을 챙겨주시기 위함이다.

"아니, 일어났지. 한빛이는 아직이고……."

"몇 신데 아직도 안 일어나. 언제 갈려고……."

전기장판이 좋은 걸 알고부터는 녀석이 일어날 생각을 안 한다.

"어제 빵 가져왔는데 태릉역에서 만날까?"

"그러지 뭐, 그럼 9시 10분에 만나."

전화를 끊고는 그때부터 한빛이를 깨워 부리나케 주먹밥을 만들어 먹이고 씻겨서 부랴부랴 나왔는데, 경기를 한 뒤라서인지 걸음걸이가 영 시원찮다. 시간에 등 떠밀리는 심정 따위야 아랑곳하지 않는 녀석을 세웠다.

"한빛, 목말 탈까?"

이렇게 물어보면 늘 뒤로 돌아서서 자세를 잡는 녀석인데, 오늘은 듣는 둥 마는 둥 미적거리고만 있다. 얼른 목에 앉히고 정신도 차리라고 몇 걸음을 뛰어 내려가는데도 아무런 반응이 없다. 고개가 아래로 처지면서 녀석의 턱이 자꾸만 내 머리에 닿아 잘못하면 혀를 깨물 판이다.

할머니와의 약속에, 내 약속까지 생각하니 마음이 급하다. 그나마 서두른 덕분에 태릉역에 시간에 맞춰 도착을 했는데 전화가 왔다. 할머니다.

"시계를 잘못 봐서 이제 출발하는데 어디냐?"

아이고, 이건 또 웬 일이란 말인가. 아침에 약속이 있는 날이면 꼭 무슨 일이 생겨 마음을 더 급하게 만든다. 머피의 법칙 때문인지…….

"그럼 우리가 공릉역에서 기다릴게."

"한빛이 잘 붙들고 기다려라. 얼른 갈게."

잠깐 동안에 스치는 아이디어(실은 잔머리다). 아직 어린이집 버스가 지나가지 않은 시간이니 한빛이를 버스에 태워 보내고 좀 서두르면 약속 시간에 맞출 수 있을 것 같다는 생각이 들었다. 어설픈 계산이지만 일단 선생님께 전화를 돌리고 버스가 지나치지 않게 연락해 달라 하니 전화를 해두겠단다.

나는 이렇게 정신이 없는데, 한빛이는 기다리는 동안에 저 하고픈 것을 못하게 한 것 때문에 펑펑 울며 난리다. 그래도 마구 드러눕지는 않고 서럽게 울며 눈치를 보니 그나마 다행이지 안 그랬으면 또 길거리에서 한바탕했을지도 모른다. 다행히 버스가 온 뒤, 할머니도 연이어 도착하신 덕에 시간을 그만큼 아낄 수 있었다.

할머니와 사촌동생 승욱이_때론 좀 극성스럽다(?) 싶을 정도로 한빛이를 각별히 여기시는 할머니와 함께.

부산한 아침을 보내게 만든 빵은 구경도 해보지 못하고 선생님 손에 넘긴다.

"선생님, 이거 차빕니다."

"엥? 무슨 차비요?"

선생님과 생뚱맞은 대화를 나눈 뒤 버스가 떠났다. 상황 종료!

오늘도 할머니의 빵은 예쁘게 포장된 채 왔다. 내용물과 마음이 중요하다는 생각에 늘 검정 비닐봉지에 담아 불쑥 내밀곤 하는 나와 달리, 할머니는 빵 하나를 주더라도 아무렇게나 담아주면 안 된다고 여기시는 분이다. 그래서 할머니가 주시는 것들은 뭐든 포장용 박스에 잘 담겨져 있다. 이건 아이 엄마도 같은 생각이다.

할머니의 정성스런 극성 덕에 선생님들은 간식거리가 생기고 한빛이는 말썽 부려도 용서(?)가 되는 점수를 얻었다고 생각해본다. 물론 어림도 없는 일이고, 내 상상일 뿐이다.

선생님들이 어떤 분들인데…….

노래를 좋아하는 아이

1. 거리에서

한빛이는 노래를 무척이나 좋아한다.

언제 어디서든 음악만 나오면 저절로 몸이 반응하는 듯 보인다. 개업을 알리는 도우미들의 홍보 행사는 빠지지 않는다. 바람에 흔들려 춤추는 듯한 튜브 인형이 무서워 처음에는 가까이 가지도 못하고 멀찍이 서서 구경만 하다가도 시간이 지나 적응이 되고 나면 주위는 아랑곳하지 않고 도우미들과 함께 어울려 자신이 할 수 있는 모든 동작을 선보이며 춤을 춘다. 무대(?) 한가운데로 가서는 저 혼자 신명이 나서 춤판을 벌이면 오가는 사람들의 시선이 녀석에게로 쏠린다. 행사의 주인공이 되어 한바탕 놀고 나면 기분도 최고가 된다.

엿장수 아저씨의 흥겨운 트로트 메들리도 좋아한다. 여러 노래가 줄줄이 나오니 자리를 뜨지 못하고 판매에 일조를 한다. 한창 열기가 고조되면 박수를 유도하기도 하고, 함께 무대(?)로 나오라며 내 손을 잡아끌기도 한다. 나야 난감하지만 구경하는 사람들의 얼굴에는 웃음이 넘친다.

상체를 약간 앞으로 숙이고, 엉덩이를 뒤로 쑥 빼고서 손가락도 튕기다, 손뼉을 치다가 반짝반짝 작은 별도 하다가 몸이 가는 대로 흔들고 나면 목이 마르니 물을 사내라고 조르기도 한다.

신명 나게 즐기기를 좋아하는 녀석을 보면 입가에 절로 웃음이 번진다. 사람들을 웃음 짓게 만드는 재주가 있다는 것은 좋은 일이다. 다른 사람들과 함께 어울려 살아갈 수 있다는 의미이기도 하기 때문이다. 가끔 정도가 좀 지나친 게 흠이기도 하지만, 그런 것까지 조절할 수 있다면 장애아가 아니니 거기까지는 기대하지 않는다.

2. 집에서

인터넷 세상이다 보니 컴퓨터 하나면 만사형통이다. 책이며 신문을 온 방에 늘어놓던 녀석이 컴퓨터에 빠져서는 이제 방에 틀어박혀 나오지도 않으려 한다. 어린이용 프로그램에서는 동화와 동요가 쉼 없이 나오니 집에만 들어오면 "노래 해주세요." 하고 말한다. 발음도 시원찮고 쓸 수 있는 단어도 몇 개 안 되는 녀석이 자기가 하고 싶은 것을 정확하게 요구한다. 말이 안 통하면 내 손을 잡아당겨 컴퓨터 앞으로 데리고 가곤 한다.

한 번 컴퓨터 앞에 앉으면 일어날 생각을 안 한다.

혼자 노는 것을 보면, 책상에 다리 하나를 턱 하니 올려놓고, 손가락을 튕기기도 하고, 그러다 다시 엉덩춤을 추기도 하고, 이것저것 마구 눌러보다가 마음에 드는 것이 나오면 한참을 몰입한다. 덕분에 컴퓨터는 몸살을 앓는다. 녀석의 신명에 '도끼 자루' 썩는 줄 모른다.

어디를 가든 노래만 있으면 신명이 나는 녀석이기에 덩달아 우리들도 신명 날 일이 많아진다.

입학 '전야'

상담을 하러 학교에 갔다. 상담만 벌써 몇 번째인가? 차이라면 이번에는 입학을 전제로 이야기를 했다는 점이다.

교무실에 들어서자 먼저 알아보고 인사를 건네는 교감 선생님. 어른들이 마주앉아 입학 이야기를 하는 동안, 한빛이는 여기저기 제 눈에 들어오는 것을 확인한답시고 돌아다닌다.

"전국에서 가장 위험한 녀석이 입학을 하게 되었습니다."

밑도 끝도 없는 내 말에 교감 선생님이 큰소리로 웃으신다.

"아이고, 무슨 그런 말씀을……. 한빛이가 잘하겠는데요."

교감 선생님은 옆에서 놀고 있는 한빛이를 보면서 괜히 추켜세우듯이 이야기를 하신다.

"이놈이 보기에는 이래도 속은 아주 형편없습니다. 경기도 심하게 해서 손이 많이 갈 겁니다."

"선생님들이 잘 알아서 하실 겁니다. 너무 걱정 안 하셔도 됩니다."

그렇게 상담 같지도 않은 상담을 하고서 교문을 나섰다. 상담을 했다기보다 일방적인 통보를 한 것이나 다름없다. 잘 부탁한다며 머리가 땅에 닿도록 인사를 하거나 미안하고 죄스러운 마음으로 말도 제대로 못하는 대부분의 장애아 부모들과는 달리, 무슨 벼슬이라도 한 것처럼 당당한 내 모습에 교감 선생님이 조금은 황당했으리라.

사실 우리는 크게 걱정을 안 한다. 학교야 한빛이가 다니는 것이고, 학교에 있는 동안은 학교가 아이를 책임질 텐데 뭔 걱정인가? 학교 밖에서 일어나는 일이 걱정이지, 학교생활은 우리가 걱정할 것이 없다.

사람들은 선생님과의 관계나 아이들과의 관계, 다른 학부모들과의 관계를 고민하는데, 물론 그런저런 관계가 영향을 준다는 것은 부정할 수 없는 사실이다. 하지만 관계를 만드는 것도 결국 인간이 아닌가? 인간에 대한 믿음을 가지고 긍정적인 자세로 다가간다면 상황은 달라질 것이다.

게다가 어른들이야 선입견을 가지고 있지만 아이들에게서는 아직 그런 문제를 찾아볼 수 없기 때문이다. 아이들은 어른들이 만들어놓은 환경에 물들어 자신의 색을 잃어가는 것이지, 아이들끼리만 있다면 자신들의 색깔을 마음껏 드러내며 서로 조율하는 능력도 있을 테니 그다지 걱정하지 않는다.

그런데 막상 면담을 하고 나니 이제는 막연한 상상이 아니라 실제 학교생활이 시작되겠구나 하는 생각에 아이가 정말 내 생각처럼 지내줄 수 있을지 하는 걱정이 슬며시 고개를 든다.

2006년 마지막 정기 검진

한빛이는 시들시들하니 기운도 없고 생기라고는 찾아보기 힘든 나날을 보내고 있다. 뇌파와 뇌의 변화를 측정하는 검사는 거의 해를 거르지 않는지라, 이번에도 정기 검진을 받기 위해 병원을 갔다.

간질센터의 담당 의사와 상담을 하던 중 검사를 해야 하지 않나 물어보니 입원을 해서 검사하는 것이 좋겠다고 해서 곧바로 입원 날짜를 잡았다. 다른 때와 달리 이번에는 병원으로 향하는 발걸음도 마음도 모두 천근만근이다. 늘 해오던 일이고 그간의 경력(?)도 있다 보니 일상다반사처럼 가벼운 마음으로 병원을 찾곤 했는데, 이번에는 아이의 상태가 좋지 않아서 그런지 아무래도 꺼림칙하다.

올 한 해는 웃으며 지낸 날을 손가락으로 헤아릴 정도로 아이에겐 힘든 시간이었다. 그런 녀석을 지켜보면서 답답한 마음에 아이와 다투거나 아이에게 화내고, 혹은 혼자 광분하기도 했었다. 모든 것이 내가 아직 성숙하지 못한 탓이려니 하며 지내왔는데 가을을 넘어서면서도 한빛이는 나아질 기미가 보이지 않았다. 고개는 늘 땅에 박을 듯하고, 걸음은 휘청거리고, 경기를 크게 하면서 넘어가는 일이 많아졌다. 그냥 걸어가다가, 혹은 가만히 서 있거나 앉아 있다가도 혹 하고 넘어가는 통에 언제 어떻게 될지 모를 상황이었다.

　병원에 들어서자 녀석이 벌써 눈치를 채고는 거부권을 행사하기 시작한다. 의사에게 몸무게와 키, 그리고 피 검사는 기본이고 할 수 있는 검사는 모두 받고 싶다고 하자 다른 과와 협의를 해보겠단다.
　수면 주사를 맞고도 잠을 자지 않는 녀석인지라 강력한 처방을 요구하자 의사는 싱긋이 웃는다. 농담인줄 아는 모양이다. 이미 경험이 있는 안면이 익은 간호사는 걱정스런 표정인데 반해, 연수를 간 담당 의사를 대신해 진료를 하는 의사는 한빛이의 이력을 잘 모르는 탓에 우리를 마치 아이 잡는 부모로 여기는 듯한 눈치다.
　아침에 비실대는 녀석을 잡아서 수면 주사를 놓고 한 가지 검사를 한 후, 몽롱한 상태의 녀석에게 다시 수면 주사를 놓자 그때부터는 정신이 번쩍 드는지 잠을 안 잔다. 버티고 버티는 녀석에게 다시 한 대 더. 겨우 녀석이 잠이 든다. 우리는 녀석이 잠든 틈을 타서 번갯불에 콩 볶듯 하루 만에 검사를 모조리 해치웠다. 오후에는 잠에 취해서 중심도 잡지 못하는 녀석이 또 해코지를 당할까 걱정스러운지 눈은 반쯤 감고서 병실 복도를 어정대고 다닌다. 그냥 누워 잠을 자면 서로가 편할 텐데, 잠을 자는 듯 깨어났다가 정신을 차린 듯 서성대면서 어떻게든 버티려고 안간힘이다.

검사 결과가 나왔다. 뇌파는 복잡하다. 경기의 양상도 뇌파만 놓고 보면 위험하단다. 대발작의 징후가 두드러지게 나타났다고 한다.

의사는 나를 보자마자 한숨부터 쉰다.

"상태가 생각보다 심각하네요."

"이전과 비교해서 그렇다는 건가요? 아니면 이어지는 상태라는 말인가요?"

"이전과는 별 차이 없어요."

그 말에 그저 웃고 만다.

"이 정도면 누워서 생활을 해야 하는데……."

이해가 안 간다는 표정이다.

"저놈이 머슴으로 태어나서 그럽니다."

"허어, 희한하네……."

고개를 갸웃거리며 정말 보기 드문 녀석을 봤다는 표정이다.

"약을 좀 조정을 해보는 게 어떨까요?"

"그 판단은 선생님이 하시죠."

이리저리 메모를 하면서 결국 전에 먹던 약을 하나 빼고 다른 약을 넣기로 했다.

"신경외과 결과는 따로 확인해보세요."

'누워서 지내야 하는 녀석이라고?' 참 할 말이 없다. 불안하지만 그래도 녀석이 제 발로 땅을 딛고 살아간다는 것에 늘 고마워하고 대견하게 여겨왔는데 그 말을 들으니 가슴이 먹먹해진다. '그럼 지금까지 어떻게 버틴 거지?'

신경외과에서는 다시 수술(뇌에 찬 물을 제거하는 수술)을 할지 말
지를 판단을 해야 한다니, 불안한 마음으로 결과를 기다렸다. 검사
결과, 뇌실이 조금 커지기는 했지만 큰 변화는 없단다. 담당 의사와
수술 여부를 이야기하고 있는데 한빛이가 쪼르르 들어와서는 자꾸
이야기를 끊는다. 메모지를 들고 다니며 펜으로 낙서도 하고…….

"한빛, 그거 여기에 놓으세요."

하도 어수선해서 한마디 하자 메모지를 원래 있던 자리에 척 하니
올려놓는다.

"연필은 간호사 선생님 드리세요."

그러자 쪼르르 가서는 볼펜을 건넨다.

"'고맙습니다.' 하고 인사도 해야지."

녀석이 두 손을 곱게 모으고는 꾸벅 고개를 숙인다.

이놈이 병원에만 가면 얼마나 영특한 척을 하는지…….

가만히 지켜보던 의사 선생이 한마디 한다.

"똘똘하니 말 잘 듣네."

그리고 그것으로 결론이 난다.

"수술 여부는 좀 더 지켜보고 결정합시다. 검사 결과로는 수술을
하는 것이 좋겠는데 이 상태에서 저 정도면 기다려보는 게 좋겠네
요. 지내다 이상이 보이면 다시 오세요."

한빛이 노는 모양을 보더니 일사천리로 정리를 한다. 머리에 물이
차 뇌를 압박해서 이미 뇌의 절반 이상이 기능을 상실한 상태이고
이것은 이후로도 계속될 것인데, 이놈이 똘똘한 척하는 통에 수술은
다시 연기다.

"이상이란 것은 어떤 것을 말하는 건가요?"

"아무데나 대소변을 보거나, 제대로 걸어 다니지 못하는 것 등이 눈으로 확인할 수 있는 증상입니다."

그렇게 검사도 마치고 상담도 끝냈다. 의사에게 하루라도 일찍 병원을 나가고 싶다 하니 목적을 달성했으니 그러라고 한다.

집으로 돌아오니 편하다. 한빛이도 마음이 놓이는지 늘어지게 잠을 잔다.

또 한고비를 넘기는 모양이다.

졌다!
졌어!!

한동안 잠잠하더니 오늘 드디어 한빛이가 사고를 쳤다.

점심을 먹고서 놀다가 축 늘어져 있기에 잠을 재우려고 했더니 순순히 따랐다. 경기를 하고 나서 그렇게 있을 때는 잠을 재우는 것이 상책인지라 늘 하던 대로 잠을 재운 뒤 나도 곁에 누워 잠을 잤다. 잠결에 덜그럭거리는 소리가 나서 후닥닥 일어나 보니, 이건 뭐 한숨 밖에 안 나오는 상황이다.

이놈이 언제 깼는지 냉장고에 있는 초고추장을 꺼내 텔레비전, 냉장고, 싱크대에 그림(추상화?)을 그려놓고, 버터를 꺼내서는 온 방에 골고루 잘(!) 발라놔서 얼음판이 따로 없다. 버터는 바닥뿐만 아니라 벽이며, 옷장이며, 손닿는 곳에는 모조리 다 발라놓아 닿는 곳마다 미끈거리는 것이 느낌이 영 안 좋다. 그러고는 나와 눈이 마주치자 슬그머니 다가와서는 나름 애교를 부린다.

어디부터 손을 대야 할지 난감한 상황에서 일단 눈에 보이는 것부터 대충 정리하기 시작했다. 그런데 방에서 수돗물 떨어지는 소리가 났다. 무슨 일인가 싶어 얼른 가보았더니, 녀석이 바지를 벗어놓고 오줌을 누고 있지 않은가. 하도 기가 막혀서 인상만 쓰고 있으니 손으로 어딘가를 가리킨다.

어허.

응가도 해놓았단다. 그래도 옷은 벗었구나 하면서 화도 안 내고 치우려는데, 녀석이 컴퓨터에 들러붙어서 움직이지 않는다. 소리를 버럭 지르며 비키라 하니 슬그머니 옆으로 비켜서서 마치 잘 치우라는 듯 쳐다보는데 은근히 부아가 치민다. 녀석을 냉큼 들어서 목욕탕에 데려갔더니 안 씻으려고 용을 쓰며 소리소리 지르면서 대든다.

녀석이 이런 행동을 하는 것은 자신이 뭔가 큰 잘못을 저질렀을 때 나름대로 잘못을 인정하는 행동인데, 내편에서는 이게 오히려 더화를 돋운다. 어지간하면 매를 안 들려고 살살 달래보기도 했는데 영 진압이 안 된다. 결국 한 대 맞고서야 순순히 씻는 데 응한다. 다씻고 나와 옷을 갈아입혔더니 이제는 순한 양으로 변신.

이제껏 잘해왔는데 컴퓨터에 너무 빠져 있어서 화장실 가는 것을 잊어서 그랬겠지 하고 내가 참았으니 망정이지 안 그랬으면 정말 온몸에 멍이 들 정도로 두드려 팼을지도 모르겠다. 그래도 그렇지 좀 너무하지 않냐 하며 녀석을 붙잡고 이야기를 하니 한빛이가 가슴을 파고들며 울먹이는데 더는 아무것도 할 수 없었다. 내가 졌다!

2007년

한빛이도
학교에 갑니다

최한빛 수난기

이번 주는 한빛이의 수난 주간이다.

1. 화요일

입학을 앞두고 한빛이가 어린이집 선생님들과 물놀이를 갔다. 어린이집 행사로는 마지막으로 참석하는 행사이고, 이번 놀이를 마치면 이제는 한빛이도 어엿한 학생이 된다. 한빛이가 선생님들과 함께 보낸다니 우리 부부에겐 귀한 자유 시간이 주어진 것인데, 그 자유 시간도 선생님의 갑작스런 전화로 끝이 나버렸다.

선생님의 다급한 목소리가 전화기를 타고 들려온다. 횡설수설, 속사포처럼 쏟아지는 상황보고다.
"한빛이가요, 넘어져서 입술 있는 데가 찢어졌어요."

"병원에 갔는데요. 다시 연락드릴게요."

"어머니께도 연락을 드릴까요?"

워낙에 다급하게 이야기를 해서 무슨 큰일이 생긴 줄 알았다.

잠시 뒤에 다시 전화. 이번에는 다른 선생님이다. 역시 속사포처럼 자기가 할 이야기만 쏟아낸 뒤 전화를 끊는다.

"연락 받으셨죠?"

"지금 병원인데요, 꿰매야 할 것 같아요."

"한빛이 경기하는 것 말고 다른 문제도 있나요?"

"경기 이야기만 하면 되나요?"

그리고 잠시 뒤, 또 다른 선생님이다.

"한빛이 주민 번호 좀 알려주세요."

"피는 멈췄나요?"

"네, 꿰매야 할 거 같다는데요."

"그럼 나가서 담배나 한 갑 사서 거기 붙여주세요."

선생님이 웃는다. 기가 막힌 모양이다.

"그래도 꿰매야 한다는데……."

"피 안 나면 그냥 두세요."

"상처야 아물면 그만이고, 꿰매나 안 꿰매나 흉터는 남으니까요."

"암튼 저희가 알아서 할게요."

그리고 잠시 뒤 또 전화.

"꿰매지는 않고요, 그냥 왔어요."

"의사는 꿰매야 한다는데, 24시간 안에만 하면 된다고 ……."

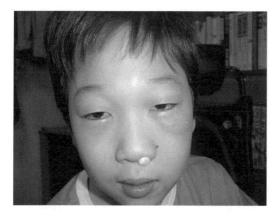

만신창이_ 한빛이 얼굴은 성할 날이 없다. 불시에 경기를 하면서 쓰러지니 손쓸 겨를도 없다. 얼굴은 늘 멍투성이에, 찢어지고 긁히는 일이 일상다반사다.

그렇게 한바탕 소동이 지나갔다. 제대로 놀지도 못하고 모두를 놀라게 하고 온 것이다. 물을 좋아하는 녀석이 물에는 발가락만 담그고 어떻게 참았을까.

이놈은 꼭 내가 술 먹는 자리에만 있으면 사고를 친다. 지금까지 늘 그랬다. 내가 술 먹는 것이 그렇게 맘에 안 드는 걸까?

2. 목요일

경기도 별로 하지 않고 하루를 보냈다는 말을 듣고 저녁을 준비하는데 "쿵" 하면서 녀석이 넘어간다. 아이를 달래 놓고 다시 부엌에 왔는데, 의자에 앉아 노래에 파묻혀 잘 노는 것 같더니 다시 "쿵" 하고는 크게 넘어간다. 이번에는 충격이 좀 크다. 넘어지면서 문 모서리에 얼굴을 찢었다. 많이 아플 것 같다. 그래도 울지 않고 정신을

수습하려 애쓰는 것 같더니 안쓰러워하는 엄마의 목소리를 듣고는
울음보가 터진다.

"아유, 많이 아파?"

"어디, 어디?"

울고 싶은 녀석에게 뺨 때린 격이 됐다. 서럽게 한참을 울고 나서
야 진정이 되는지 잠잠해졌다.

찢었던 눈 아래 자리가 퉁퉁 부어올랐다. 마치 거친 싸움판에서
지금 막 돌아온 것처럼 얼굴이 땡땡하게 부었다. 부어 있는 자리는
곧 멍이 들어 한동안 시퍼렇게 하고서 돌아다닐 테지…….

약에 조금씩 적응을 해나가는 것처럼 보이더니…….

그렇게 기운을 빼면서 일주일을 보냈다.

첫 담임선생님

1. 첫 만남

드디어 한빛이가 학교에 간다.

아이의 입학을 앞두고 있는 여느 부모들처럼 나나 마님도 한빛이가 새로운 환경에 잘 적응할지 걱정이다. 특히 아이의 상태가 상태이니 만큼 오만 가지 걱정들로 머릿속이 어지러운 것도 사실이다. 하지만 다른 부모들처럼 급식이나 공부 문제, 선생님 혹은 친구들과의 관계 등 학교생활에 대한 걱정을 사서 하지는 않는다. 그보다는 아이가 경기를 심하게 하는데 제대로 대처를 할 수 있을지가 가장 큰 걱정이다. 이 문제만 해결된다면 장애로 인한 걱정은 신경 쓰지 않아도 될 것 같다.

입학식 때 한빛에 대한 이야기를 잔뜩 적은 글을 가지고 갔다. 담임선생님을 만나서 편지를 전하면서 상담을 했는데, 선생님이 걱정이 많다고 한다. 예전에 장애를 가진 아이를 맡은 적이 있기는 하지만 한빛이 정도는 아니었다며 어떻게 해야 할지 고민이 된다고 하신다. 선생님의 이야기를 들으면서 나는 그냥 웃어넘겼다.

"아이가 장애도 있지만 병도 있어 신경이 쓰이기는 합니다."

"네에, 걱정이 많으시겠어요."

"경기를 하는데 심하게 할 경우는 그냥 제 스스로 일어날 때까지 두시면 됩니다. 경기를 하는 중에 경직을 풀어준다고 주무르거나 하면 더 큰 일이 생길 수 있습니다."

"아, 그런가요."

"그리고 부탁을 드릴 것이 있습니다."

"네, 말씀하세요."

"제가 아이를 일반 학교에 보내는 것은 나름의 목적이 있습니다."

"네, 무슨?"

"우선 교육은 신경 안 쓰셔도 됩니다. 저도 집에서 안 가르치니 그건 안 하셔도 됩니다."

그러자 웃음이 번지며 그래도 그럴 수 없다고 한다.

"정말이지 교육은 신경 안 쓰셔도 되고요, 대신 친구를 많이 사귈 수 있는 기회를 만들어주셨으면 합니다."

이게 내가 진정 원하는 것이다. 인사치레로 한 말이 아니었다.

아이가 학교생활을 제대로 하려면 친구를 사귀고 친구들과 무언가를 할 수 있어야 한다. 어차피 다른 아이들처럼 학습을 하기는 어려울 텐데, 뭐라도 가르쳐보겠다고 안간힘을 쓰다 보면 아이도 선생님도 모두 힘들어지는 상황이 만들어질 수 있다. 그래서 애초부터 그런 것은 염두에 두지도 않았다.

한빛이는 다른 아이들이 학교에 가는 목적 중 가장 큰 것을 스스로 제거해버린 셈이니 선생님도 그에 대한 부담을 가지지 않아도 될 것이라고 했다. 대신 우리가 바라는 것은 일상생활에 초점을 맞춰 아이를 대해주는 것이고 그것만으로 충분하다고 이야기를 했다.

선생님께 다짐을 해두고 나니 마음이 한결 가벼워졌다.

2. 선생님, 그 이상의 선생님

1학년을 지내면서 모든 아이들이 한빛이에게 관심을 가져주었다. 함께하는 것을 배운 것인지 아니면 스스로 깨우친 것인지, 일 년을 함께 지내고 난 지금은 내 기대 이상이다. 아이들 보기에 한빛이가 덩치만 클 뿐 말도 못하고 맹탕으로 보이니 호기심에서인지, 아니면 한빛이에 대해 들은 이야기가 있어서 그러는지는 모르겠다. 아무튼 아이들은 스스럼없이 한빛이에게 다가와 아는 척을 하고, 학교에서든 학교 밖에서든 한빛이만 보이면 다가와서 손도 잡아보고, 이것저것 물어보기도 하고, 어떻게든 말을 걸어보려 하는데, 그 모습을 보면 기분도 좋아진다.

교실 분위기는 아침에 아이를 데려다줄 때 보면 금방 알 수 있다. 교실 문을 열고 한빛이가 들어서면 다들 반갑게 일어나 인사를 하고, 어떤 녀석은 얼른 다가와 가방도 받아주고, 자리에 앉히기도 하면서 관심을 보인다.

그렇다고 뭔가 도움을 주려고 하는 행동이 아니라 그저 다른 아이들과 함께하는 것 이상의 것은 없다. 교실 안에서도 한빛이의 행동이 유별나면 선생님에게 이르는 녀석도 있고, 실내화를 안 신으면 지적을 하는 녀석도 있고, 자기 책을 가져가면 화를 내기도 하지만 애써 도움을 주려고 하는 녀석은 없다.

장애라는 것이 누군가의 도움을 받아야 한다는 것은 피할 수 없다. 그러나 장애를 가졌다는 이유로 일방적으로 도움만 주어서는 안 된다는 것을 아이들이 보여주고 있다. 이 아이들이 자라면서 6년을 함께 다닌다면 큰 걱정 없이 지낼 수 있겠다는 생각이 든다. 괜히 부자가 된 기분이다.

반 분위기가 이렇게 되기까지 누구보다도 큰 영향을 미친 분은 바로 담임선생님이다.

아이들에게 한빛이의 상태에 대해서 이야기해주고 부모 모임에서도 함께하는 것에 대해 이야기해주시니, 아이와 어른이 모두 한빛이에 대해서 기본적인 것은 알고 학기를 시작할 수 있게 함으로써 부담을 덜 수 있었다.

그뿐 아니다. 선생님께서 한빛이를 대하는 마음이나 자세는 교사와 학생 이상의 모습을 보여주신다. 늘 웃으며 맞이해주고, 교실에 들어서면 아이들과 인사를 하게끔 유도를 하고, 안아주고, 손잡아준다. 그리고 한빛이로 인해 어떤 문제가 생기더라도 오래 묵혀두지 않고 잠깐이라도 부모인 나와 얼굴을 맞대고 함께 해결책을 찾기 위해 노력하신다. 선생님이자 부모의 역할까지 해주시는 담임선생님의 이런 모습들 때문에 우리는 아이의 학교생활에 대해 걱정하지 않고 믿고 맡길 수 있게 되었다.

장애인과 함께 살아간다는 것은 몇 마디 말이나 책 몇 권으로는 백날 가도 자신의 것으로 받아들이지 못하는 경우가 다반사다. 그런데 이처럼 아이들이 몸으로 배워갈 수 있도록 환경을 만들어준다면 상황은 달라진다. 아이들은 장애를 가졌다고 무조건 돌봐줘야 한다는 생각보다는 함께할 수 있는 친구쯤으로 여기며 지낼 수 있게 된다. 그러면 아이들은 장애에 대해 더 많이, 그리고 진정으로 이해하고 받아들일 수 있을 테고 한빛이에게는 최고의 재산이 되는 셈이다.

김영주 선생님을 만남으로써 한빛이의 초등학교 생활은 순조롭게 시작될 수 있었다.

행운, 그거 별 거 없다. 좋은 선생님, 좋은 친구를 만나는 것, 그거야 말로 진짜 행운 아닌가?

느긋한 등굣길

아마도 가장 늦게 등교하는 아이는 한빛일 것이다.

그런데 아무리 늦어도 우리는 할 것은 다 하며 간다. 그 짧은 거리를, 매일 오가는 둘러볼 것도 없는 그 거리를 온갖 참견 다 하면서 천천히, 아주 천천히 간다. 한빛이가 하고 싶어 하는 것은 다 하게 두다 보니 언제나 지각이다. 그래도 서두르는 일은 없다. 까짓것 늦으면 좀 어때……. 그래도 수업이 시작되기 전에는 입장한다.

집에서 학교까지 거리는 말 그대로 지척이다. 그 짧은 거리도 한빛이와 함께 가려면 30분이 넘게 걸리는 경우가 많다. 아이는 주변 사물(꽃, 나무, 흙, 신문, 전단지 등)에 관심을 보이고 그것을 어떻게 해보려 하고, 나는 어른으로서 아이를 기다려주고 설명을 해주다 보니 늘 시간을 잡아먹어 지각을 하는 것이다. 그래도 그 과정에서 경험의 폭이 넓어지니 아이에게는 좋은 일이다. 물론 내 설명을 아이가 제대로 알아듣는 것은 아니다. 실상 나 혼자서 중얼대는 것이나 다름없지만, 그래도 아이에게 맞춰 이야기를 해주면 따라 하기도 하는데 그것을 지켜보는 재미가 쏠쏠하다.

'보고, 느끼고, 듣고, 판단하게 하라.' 이것은 내가 아이를 키우는데 가장 중요하게 여기는 원칙이다. 일단, 모든 것을 아이를 중심으로 생각한다. 다음은 스스로 할 수 있도록 만드는 게 중요하다. 장애가 없고, 말을 이해하는 아이들도 강압적인 교육법은 적절하지 않다고 생각해왔는데, 더욱이 말도 못하고 사물에 대한 이해력도 부족한 녀석에게 그런 방법이 통할 리 없다. 그래서 나는 곁에 서서 기다린다. 무엇에건 관심을 가지고 자기 방식으로 표현하는 모습을 보이면 마냥 기다린다. 그것이 아이가 스스로 자신의 색깔을 만들어가는 과정이라 생각하기 때문이다.

장애아를 키우면서 발생하는 문제는 대부분 어른에게서 비롯된 것이다. 어른의 시각에서 보면, 아이의 행동은 느리고, 뒤처지고, 무엇 하나 성에 차지 않는다. 그러다 보니 늘 강압적인 태도를 보이고, 큰소리를 지르며 화를 내는 경우가 많은데, 아이가 느린 것을 인정하고 받아들이면 아이와 지내기가 훨씬 수월해진다. 결국 어른들이 자신의 방식을 고집하는 태도를 버리고 욕심을 비운다면 아이들은 더 다양한 경험을 할 수 있게 될 것이고, 그런 경험들은 아이들에게 자신의 것을 만들어가는 기회로 작용하게 될 것이다.

아무튼 이런 교육 원칙 때문에 우리는 늘 꼴찌로 학교 문을 들어선다.

수업 종이 울리기 직전에 교실에 들어서자 여기저기서 아이들의 인사가 쏟아진다.

"한빛, 안녕."

즐거운 아침이다.

책가방을 책상에 걸어두려는데 뒤에 있던 여자아이가 한마디 거든다.

"어제 한빛이 말을 했어요."

"그래?"

"네, '안 돼요.' 라고 했어요."

"아아, 그랬어?"

교실에 들어서자 별 할 일이 없는 녀석이 분주하다. 옆으로, 뒤로 참견하느라 여념이 없다. 선생님은 안중에도 없고, 그저 저 하고픈 것 하기 위해서 궁리를 하는 것처럼 보인다.

아침 바람이 시원하다. 느리지만 아이들과의 소통이 시작되고 있는 것 같아 더 시원하게 느껴지는지도 모른다.

좀 지나면 째지는 목소리로 인사도 잘 하고 그러지 않을까?

교실 풍경

1.

오늘 한빛이는 제 세상을 만난 듯 행동을 한다. 내가 교실 안을 들여다본 시간은 고작 10여 분이지만, 그동안의 모습을 보면 종일 어떻게 지내고 있는지 가늠이 된다. 1학년 6반에는 선생님이 두 사람이다. 어른 선생님은 아이들 돌보느라 정신이 없고, 아이 선생님(한빛)은 교실 여기저기 돌아다니며 참견하느라 여념이 없다.

그렇게 참견하며 돌아다니던 중에 한빛이가 텔레비전 앞에 서서 뚫어져라 쳐다보고 있다. 아마도 커다란 텔레비전에서 나오는 율동과 음악이 녀석의 호기심을 자극했나 보다. 덕분에 다른 아이들은 화면을 볼 수가 없다. 결국은 선생님의 제지로 자리에 돌아와 앉았다.

하지만 그것도 잠시, 이번에는 벌떡 일어나 옆자리로 가서 친구의 책을 빼앗으려 한다. 친구(남자)는 안 주려고 애쓰고 한빛이는 가지려 애쓰는데, 옆에 있던 여자아이가 자신의 책을 주면서 다툼을 말린다. 한빛이는 그 책을 받아 들고 남자아이의 책을 휙 던져놓더니 책상에 엎드려서 책을 보는 시늉을 하고 있다.

역시 여자아이들이 마음 씀씀이가 더 좋다.

교실에 들어가는 것도 가장 늦은 시간에 온 시선을 독차지하며 들어서는데 아이들은 반갑게 인사를 하곤 한다. 그러거나 말거나 한빛이는 관심도 없지만…….

이제 학교 가는 길에서나 집 앞에서나 한빛이를 알아보고 인사를 하는 아이들이 늘고 있다. 한빛이가 머리를 다쳐서 지금도 많이 아프다고 친절하게 설명까지 곁들이면서 다른 아이들에게도 한빛이의 상태를 이야기해준다.

"한빛이가 힘든지 조금만 움직여도 지쳐 보여요."

교실에서 나오시던 선생님의 걱정 어린 한마디.

"그거 꾀부리는 겁니다."

"……."

내 화법에 익숙하지 않아 놀라는 선생님의 표정을 보고는 곧바로 농담을 접고 다시 설명을 드린다.

"아마 약 때문에 그럴 겁니다. 지금 먹는 약의 후유증이나 부작용으로 잠을 많이 잔다거나, 무기력한 증상을 보이거든요."

"아아, 이제 이해가 되네요."

작은 부분에도 관심을 가져주는 것이 좋다. 선생님께 인사를 하라고 시키니 녀석이 고개만 까딱하고 만다. '짜아식, 비싸게 굴기는.'

2.

한빛이 자리는 선생님 교탁 바로 앞이다. 말인즉슨 선생님의 관심과 감시를 동시에 받는 범위 안에서 생활해야 한다는 뜻이다.

특수 교육 보조원이 한빛이만 돌볼 조건이 아니어서 한빛이 혼자 교실에서 지내야 하는 시간이 30분 정도 주어졌다. 그 시간만큼은 다른 아이들과 같은 조건이다. 말도 못하고, 무엇 하나 할 줄 아는 것이 없는 녀석이 짝도 없이 맨 앞에 혼자 앉아서 지내는 것을 보면 한편으로는 안쓰럽기도 하고, 또 한편으로는 사고 안 치고 지내는 것이 대견하기도 하다.

그러던 어느 날, 그날도 여느 때처럼 복도에 들어서자마자 창가로 가서 한빛이 상태를 확인하는데, 앉아 있는 폼이 가관이다. 건달 사장처럼 비스듬히 앉아서 한쪽 다리는 책상 위에 올리고 고개는 갸웃이 기울인 채 장갑을 끼고서 머리를 만지고 있다.

선생님의 지적에 슬그머니 다리는 내려놓았지만 자세는 여전히 뼈딱하니 변화가 없다.

앞으로 이런 일이 많아질 텐데…….
선생님도 단단히 준비해야 할 것이다.

봄날,
산책을 하다가

봄볕이 좋다.

일요일 아침, 먹을 것 다 먹고, 실컷 놀고 나더니 녀석이 나가자고 성화를 부린다. 옷을 챙겨 입힌 뒤에 나가자고 하니 책 한 권을 손에 쥐고서 앞서 나간다.

오랜만에 하는 산책이다. 겨울바람에 잔뜩 웅크리고서 어지간하면 밖에 나서지 않고 방 안 퉁수로 지내왔는데, 아직 바람은 차지만 그래도 볕이 좋으니 산책하기 딱 좋다. 산에 오를까 하다가 공원으로 발길을 옮긴다.

덩달아 신이 난 녀석은 연신 까르르 웃음보가 터지고, 책 넘기랴, 노래하랴, 부산스럽기 이를 데 없다. 중심을 제대로 잡지 못해 걸음은 여전히 아슬아슬하지만 바깥출입이 오랜만이라 그런지 연신 신이 나서 재잘거린다.

그런데 공원에 막 들어서자 '끄윽' 하며 넘어가더니 팔다리를 벌

저 멋지죠?_오랜만에 산책을 나왔다. 근처 공원의 나무 아래에서 사진도 찍고 한껏 기분을 낸다.

벌 떨며 소동을 일으킨다. 눈이 돌아가고 침을 흘리면서 몸을 제 마음대로 움직이지 못하는 녀석을 지켜보자니 딱하고 안쓰럽다. 아직 정신을 차리지 못하는 녀석에게 내가 장난을 걸자 그 와중에도 웃음을 보인다.

고개도 들지 못하고 끙끙대는 녀석을 살살 꼬드겨 다시 집으로 발길을 옮긴다. 완전히 정신이 돌아오고, 다시 노래를 부르면서 돌아오는데 은근히 부아가 치민다. 아이 때문이 아니라 매번 벌어지는 이런 상황에 가슴속에서 무언가 울컥하는 것을 느꼈기 때문이다.

한빛이에게 고개를 들고 가슴을 펴고 걸어가도록 연습을 시켜보지만 아직 배운 대로 하지 못하고 자꾸 땅을 보면서 걸어간다. 몸의 중심을 잡고 걸어가는 연습을 해야 경기를 해도 버틸 수 있지 않을까 하는 생각에 비실대는 녀석을 채근해보지만 마음처럼 안 된다. 그러다 보니 억지로 시키는 나나 하는 아이나 서로 짜증만 는다.

비실거리는 걸음으로 집에 돌아오니 녀석은 다시 쌩쌩해졌다. 이 책 저 책 다 끄집어내 온 방에 늘어놓고 마음에 드는 것을 찾으면 내 손을 잡아끌어 옆에 앉히려 한다. 그리고는 제법 정확한 발음으로 말한다.

"앉아."

"앉아아아."

하지만 책을 꺼내놓고도 진득하게 앉아서 끝까지 읽는(보는!) 경우는 없다. 책을 앞에 놓고서 두어 장만 넘기면 다시 일어나 딴청을 부리다가 온 방에 책을 늘어놓고는 오며 가며 하나씩 보는 척을 한다. 책 보다가 눈에 들어오는 게 있으면 관심은 그리 옮겨간다. 컴퓨터 자판도 한 번 두드려보고, 공도 꺼내 오고, 냉장고도 열어보고, 온 방을 다 돌며 여기저기 찔러본다. 그러다 내가 일어설라치면 또다시 무릎 맞대고 앉아 책을 읽어달라고 한다.

그렇게 저 원하는 것을, 저 하고픈 것을 챙기려는 것이 우습기도 하고 조금씩 변해가는 모습이 흐뭇하기도 한다.

일 년에 한 가지만이라도 제대로 할 수 있게 된다면……. 지금은 비록 혼자서는 신도 못 신고, 옷도 입고 벗지 못하고, 사리분별도 못하고, 똥오줌도 못 가리지만, 천천히 아주 천천히 하나둘 제 스스로 할 수 있는 일들이 늘어날 수 있었으면 한다.

저녁에 잠깐 문밖에 나서는데 한빛이가 신을 거꾸로 신고서 내복 바람에 문을 열고 나와서 손을 잡아끈다. 자기도 나가고 싶다는 뜻이다. 종일 방 안에 갇혀 지내다시피 했으니 저도 나가고 싶었을 텐데 혼자서는 나갈 엄두를 못 내다가 나가는 사람이 있으니 얼른 따라나선 것이리라. 마치 기다렸다는 듯이 달려와 앞장서는 것을 보니, 녀석도 눈에 보이는 것은 모두 보고, 느끼고, 생각도 하고 있구나 싶었다.

그래서 다정(?)하게 둘이 손잡고서 분리수거를 하러 잠시 나갔다 왔다.

어울림에 대하여

1.

한빛이 수업이 끝마치기를 기다리는 동안 복도에서 십 여 분을 서성이며 아이를 관찰한다. 선생님의 걱정이나 타 들어가는 마음이야 아랑곳없이 분주하게 교실을 돌아다니는 녀석을 보고 있노라면 나도 모르게 슬그머니 웃음이 나온다.

교실 안에는 세 부류의 사람들이 있다.

하나는 선생님으로, 아이들을 통제하는 중에도 노래 틀어주랴, 알림장 알려주랴 하는 일이 한두 가지가 아니다. 다른 하나는 선생님의 일거수일투족에 관심을 기울이면서 집중하는 녀석들이다. 가방을 챙기면서도 선생님의 움직임에 눈을 고정시키고 열심히 귀 기울이는 녀석들의 눈망울은 초롱초롱하다. 마지막은 한빛이다. 남들이야 교실에서 무엇을 하건 일단 관심 밖이다. 저 하고 싶은 것만 할 뿐.

교문을 나서는데 한 무리의 아이들이 뒤따라오면서 아는 척을 한다.

"한빛, 안녕."

모두 한마디씩 하는데 이놈은 거저먹기다. 친구들이 부르든지 말든지 고개 돌려 한 번 쳐다보고 나면 그만이다.

"한빛이가요, 있잖아요."

아이들의 고자질이 시작된다.

"선생님 도장 가지고 막 찍다가요, 혼났어요."

"얼굴에도 막 찍었어요."

"선생님이 달라고 하니까 던졌어요."

"한빛이가 잘못하면 또 알려줄래?"

"네."

"한빛이 막 돌아다니고 그러지?"

"네, 근데요, 책도 막 꺼내 가요."

"너희가 한빛이 좀 잘 봐줄래?"

"한빛이가 많이 아프거든. 그럴 수 있지?"

모두 한 목소리로 대답한다.

"네!!"

2.

특수 교육 보조원이 10시 30분부터 다른 아이를 돌봐야 하기에 그 시간에는 내가 학교에 가서 한빛이를 돌봐야 하지만 나는 끝마치기 직전에 도착하기 일쑤다. 그것은 30분이나 하릴없이 복도에서 서성이고 있는 것이 싫었던 것도 있지만, 그 시간 동안만이라도 누군가의 도움 없이 반 친구들과 어울리길 바랐기 때문이다.

그런데 오늘은 평소보다 더 늦어 허겁지겁 달려가니 10분 전이다. 가까우면 지각한다는 말은 예나 지금이나 꼭 들어맞는다. 숨을 헐떡이며 교실 안을 들여다보니 오늘은 얌전히 앉아서 상념에 젖어 있다. 무슨 생각을 그리 하는 것인지…….
다른 아이들의 율동을 보면서도 돌아다니지 않는 것을 보니 제법 학생 같아 보인다. 선생님의 지시에 아이들이 가방을 챙기면서 일어나니 한빛이도 덩달아 일어나서는 교실 뒤 책꽂이로 간다. 책 하나 꺼내서 펼쳐 보고, 다른 책도 꺼내 펼쳐 보고……. 제법 많은 책을 꺼내 검열을 하는데 마음에 드는 책이 없는 모양이다.

교실 문이 열리고 선생님과 함께 나오는데 아쉬운지 이별식이 길어진다. 손을 꼭 잡고서 어리광을 부리듯이 잡아끌며 나오라 시늉을 한다.
"오늘 보조원 선생님이 나가고 나서 다른 아이들을 돌보는 사이에 한빛이가 없어져서 한참 찾아다녔어요. 다행히 다른 교실 복도에서 찾았습니다. 계단 내려가다 다치기라도 하면 큰일인데……."
선생님이 마음을 많이 졸인 모양이다. 그도 그럴 것이 혹시 아이가 다치기라도 하면 모든 책임이 선생님에게 돌아가니 말이다.

"그렇게 사라져도 밖으로 나가는 일은 없을 겁니다. 그리고 계단을 올라가기는 해도 내려가는 경우는 드물거든요."

위로랍시고 하긴 했는데…….

그렇게 인사를 하고 나오는데 녀석은 기분이 좋은 모양이다. 학교를 벗어나자 목소리도 커지고 활기가 넘친다. 학교에만 들어가면 기어드는 목소리에 조신하게 행동하는 것을 보면 아직은 학교가 익숙하지 않아 다니기 싫어하는 것처럼 보이기도 한다. 하지만 싫든 좋든 학교에서 하는 활동에 함께 참여하면서 조금씩 자신만의 영역을 가질 수 있게 되면, 다른 아이들과 어울리는 것이 익숙해질 것이고 학교생활도 나아질 것이다. 아이나 어른이나 단번에 해결을 하겠다는 욕심만 부리지 않는다면 조금씩 성과가 보일 것이다.

또 표현을 못해서 그렇지 하는 행동을 보면 새롭게 눈에 들어오는 것이 많은 것을 좋아하는 눈치다. 여기저기 뒤적이며 관심 둘 일이 많아지니 말이다.

친구 만들기

1.

아침에 집을 나서는데 엘리베이터 안에서 누가 인사를 한다.

"안녕, 한빛."

하거나 말거나 관심도 없는 한빛이. 명찰을 보니 한빛이와 같은 반이다.

"한빛이는 많이 아파서 인사를 잘 못해."

"뇌가 아프죠? 선생님이 그랬어요."

기특한 녀석 같으니라고…….

"응, 많이 아파. 니가 잘 보살펴줄 수 있지?"

"네."

오호라, 정말 기특한 녀석.

"우리 집에 놀러 와라. 맛있는 거 만들어줄게."

"네."

하교 시간에 교실로 가니 아직 정리가 덜 되어서 아이들이 부산하게 움직이고 있다. 한빛이는 뒷자리 아이의 책을 들고서 자기 것인 양 놓지 않으면서 한편으론 손가락 장단을 맞추며 논다. 아이는 손을 잡아주며 눈을 맞추려 이리저리 피하고 있는 한빛이 얼굴을 바라본다. 한동안 그렇게 통하지도 않는 소통을 하는 것을 보며 한빛이에게도 얼마 안 있으면 친구가 생기겠구나 하는 생각이 들었다.

시간이 되고, 선생님은 한빛이를 먼저 챙겨서 내보낸다. 꾸벅 인사를 하는 녀석. 선생님의 손을 잡아끌면서 나가자고 성화를 부린다. 문을 열고 나서는 선생님의 얼굴에 웃음이 가득하다.

"오늘은 며칠 만에 인사를 했어요."

말도 또렷하게 하면서 "안녕하세요?"라고 했단다. 그럴 리 없다. '안나세요?' 라면 모를까. 한빛이가 입학한 뒤 아마도 처음으로 선생님께 인사를 드린 것이다.

선생님도 나도 기분이 좋다.

2.

학교를 파하고 나오면 아이들이 지나가면서 인사를 한다.

"한빛이다." "안녕." "한빛, 안녕."

마구 뛰어다니는 아이들의 모습을 보면 한편으로는 부러웠다. 한빛이도 저렇게 다니면 좋을 텐데……. 한 녀석이 멀리서 한빛이를 부르며 달려온다.

"안녕."

한빛이는 여전히 무관심.

"안녕."

내가 대신 인사를 건네며 어디 사느냐 물으니, 아이는 손가락으로 집이 있는 방향을 가리킨다.

"한빛이는 왜 아파요?"

"으응, 어릴 때 세균이 몸 안으로 들어왔어."

"잘 안 씻어서 그래요?"

"그건 아니고 태어나서 아기 때 나쁜 세균들이 몸으로 들어온 거야."

"병원에 다녀요?"

"응, 아기 때부터 지금까지."

"막 울어요?"

"많이 아프면 울기도 해."

"그래서 말을 못하는 거예요?"

"응."

"그럼 몸으로 표현해요?"

"응, 말을 못해서 그렇게 하는 거야."

궁금한 것이 많은지 형사가 취조를 하듯 꼬치꼬치 묻는다. 내가 진술서 작성하듯 성실하게 대답을 해주자 마음에 드는 모양이다.

"안녕, 한빛."

인사를 하고 아이가 간다.

한빛이는 유명 인사

한빛이는 학교에서 유명하다.

한빛이가 유명해진 데는, 하고 다니는 것이 다른 사람들 눈에 띈 것도 있을 테지만, 무엇보다 선생님의 각별한 교육이 한몫을 톡톡히 했을 것이다. 학부모 총회에서 담임선생님이 다른 학부모들에게 한빛이 소개를 세세하게 해주고 난 뒤에는 어른이고 아이고 할 것 없이 한빛이가 지나가기만 하면 다가와 말을 걸어주곤 하는 것만 보아도 선생님의 교육 효과가 얼마나 큰지 알 수 있다.

아침 등교 시간, 오늘은 다른 날보다 일찍 집을 나섰지만 오늘도 늦을 것 같다. 시간이 빠듯해 녀석을 재촉해보지만 소용없다. 언제나처럼 한빛이 걸음은 여유만만이다. 교문을 들어서자 엄마들이 알아본다.

"니가 한빛이구나."

"한빛이 지금 가니?"

"한빛, 얼른 가야지. 선생님 오셨다."

소 닭 보듯 하는 한빛.

학교가 파한 뒤, 특수 교육 보조원의 손을 잡고 휘청거리며 걸어온다. 잘 가라는 보조원 선생님의 인사에 손도 흔들고, 한 번 안아도 주고, 나름 친한 척을 한다. 그리고는 운동장 돌멩이도 수집(?)해주고 《영웅본색》에서 이쑤시개를 물고 있던 주윤발처럼 솔가지 떨어진 것도 하나 주워들어 입에 물고 한껏 폼을 잡아가며 내려가는데 뒤에서 소란스런 발소리가 따라온다.

"한빛."

"한빛이다."

이번에는 아이들이 우르르 몰려오는 소리가 들린다.

"그거 먹으면 안 되는데……."

"이거 뭐예요?"

입에 물고 있는 솔가지를 보고는 한마디씩 한다.

"왜 뇌를 다쳤어요?"

한 녀석이 물어보자 옆의 녀석(요놈은 일전에 만나 이야기를 들었던 녀석이다.)이 거든다. 세균이 들어가서 그런 거라며 친절하게 설명해준다. 그러더니 어른들이 귀여운 아이에게 하듯이 한빛이 볼을 잡아 끄는데 한빛이는 가만있는다. 그리고는 또 한참을 설명을 하면서 마치 자신이 보호자가 된 듯 열심히 가르쳐준다. 지나가면서 한 번 해준 이야기를 자기 식으로 잘 소화해서 대변인 역할을 하는 것이다.

아침 점심으로 알고 다가오는 사람들이 있다는 것은 좋은 일이다. 그만큼 지내기 편한 환경이 만들어지고 있다는 것이니. 한빛이가 그에 잘 호응을 해야 더 나은 무언가를 만들 수 있는데……. 이놈이 늘 문제다.

매일,
버거운 걸음으로

요 며칠 녀석이 부쩍 힘들어하면서 아이의 생활이 엉망이 되었다. 어찌어찌해서 가까스로 교실에 들여보내도 고개를 푹 숙이고 바로 책상에 머리를 박고 있다. 선생님이나 아이들이 무얼 하든 관심이 없다. 아침 경기가 심해지고 많아지면서 하루의 시작부터 버거운 모양이다.

'지각은 해도 결석은 없다.'는 것을 원칙으로 정신을 차리지 못하는 녀석을 어르고 달래가며 느릿느릿 학교에 간다. 또 지각이다! 운동장에는 벌써 체육 수업을 하는 아이들로 북적이고, 교실 옆 복도는 조용하다. 언제나 그랬듯이 우리는 교실 앞문을 드르륵 열고 들어간다. 수업 중인 선생님께는 죄송하지만, 내가 이처럼 다소 '무례한' 행동을 하는 데는 이유가 있다. 교실에 들어가자마자 여기저기서 요란하게 나는 아이들의 인사 소리에 한빛이는 수그리고 있던 고개를 들게 되어 자신이 교실에 들어왔다는 것을 알 수 있기 때문이다. 그 순간 녀석은 늘어져 있던 몸을 곧추세우고 무겁던 발걸음도 가볍게 내딛는다.

어느새 녀석의 얼굴에 웃음기가 돈다. 내 가슴에도 먹구름을 걷어 내는 시원한 바람이 불어오는 듯하다.

쪼르르 달려와 늘 반갑게 맞이해주는 여자아이가 여느 때와 다름 없이 다가와서 한빛이의 손을 잡아주고, 얼굴도 만져주고, 웃는 얼굴을 보려고 장난도 건다. 장난기 가득한 얼굴로 한빛이 얼굴에 제 얼굴을 바짝 들이대고는 말도 걸어보는데, 거기에 한빛이가 반응을 보이면 동작이 더 커지면서 다른 아이들을 불러 모아 함께 해보기도 한다.

이 아이들과 함께 운동장을 실컷 뛰어 다니며 더 밝게 생활을 할 수 있으면 좋으련만……. 그런 날이 오리라 믿으며 기다린다. 무언 가를, 누군가를 기다린다는 것은 두근거리는 가슴으로 살아 있다는 것을 느끼는 일이니 말이다.

학교가 파한 뒤에는
어쩌지?

한빛이가 학교에 다니게 되면서 방과 후의 시간을 어떻게 할지가 문제로 떠올랐다. 어린이집은 오후 7시까지 아이를 돌봐주었지만 초등학교는 늦게 마치는 날이라고 해봐야 2시면 집에 온다. 다른 아이들 같으면 학원이라도 보내겠지만 한빛이는 그럴 수도 없다.

더욱이 종일 아이에게 붙어 있을 수 있는 상황이 아니니 대책이 필요한데 마련하기가 쉽지 않다. 누가 아이를 전담해서 볼 것인지 오랜 시간 이야기를 해보았지만 결론이 안 난다. 둘 중 하나는 일을 그만둬야 하기 때문에 그렇다.

마님과 상의한 끝에 아이를 누가 맡을 것인지는 단시간에 결론짓지 말고 천천히 생각하기로 하고, 당장 해결을 해야 할 방과 후 문제부터 고민해보기로 했다.

일단 집 주변의 복지관을 알아보았지만 사정이 여의치 않다. 복지관이란 곳이 어디나 사정은 비슷하다지만 원하는 프로그램을 이용하려면 등록을 하고 자기 순번이 올 때까지 대기를 해야 한단다. 프로그램에 따라 다르지만 아이들이 많이 몰리는 경우는 1년을 넘게 대기를 해야 한다는 말을 듣고는 바로 포기해버렸다.

이리저리 생각해보다가 한빛이가 다니던 어린이집 쪽에 방과 후 프로그램을 만들면 좋겠다는 이야기를 넣어보았다. 그랬더니 어린이집 쪽에서도 흔쾌히 그러마는 답을 해준다. 어린이집 상황도 있었겠지만 한빛이의 사정을 고려한 점을 알기에 고마웠다.

우선 1년은 그렇게 다니기로 했다. 학교를 마치고 어린이집으로.

한빛이는 행운아다_선생님들의 사랑을 듬뿍 받는 한빛이는 행운아다. 학교에서도 그렇고, 방과 후 어린이집까지……. 아무튼 부러운 녀석이다. 사진은 김지연 선생님과 남이섬에서.

아침에 만나는 아이

　서연이라는 아이가 있다. 작달막한 키에 제 몸집만 한 가방을 메고 다니는 여자아이다. 말도 얼마나 또박또박 잘하는지 모른다.

　학교 가는 길에 한빛이를 만나면 걸음을 한빛이에게 맞춰 걸으면서 손도 잡아주고 말도 걸어보곤 한다. 늘 그러하듯 한빛이는 서연이가 뭘 하든 도통 관심이 없다. 그래도 가끔은 얼굴을 보고 다가가서 손을 먼저 잡기도 하는데, 서연이는 한 번도 뿌리치지 않고 한빛이 하는 대로 다 받아준다.

　"한빛이 교실에서 말썽 안 부리니?"

　"아니요. 근데요…… ○○가 한빛이를 좋아하나 봐요."

　"그래? 진짜로?"

　"한빛이 가면요, 가서 얼굴도 만지고, 막 말도 걸고 그래요."

　"어, 그래? 너도 한빛이 잘 좀 봐주라. 말썽 피면 야단쳐도 돼."

　"네."

"너, 공부 재미있어?"

"네."

"뭘 제일 잘하는데?"

"수학요. 근데요, 너무 쉬워요."

"그래?"

"왜 그런지 알아요?"

"왜 그러는데?"

"수학 고급반도 다 했는데 여기는 초급이잖아요."

"이야아, 너 공부 잘하는구나."

"서연아, 니가 한빛이 글자 좀 가르쳐줄래?"

그랬더니 내 얼굴을 빤히 올려보며 한마디 한다.

"지금 장난하세요?"

당돌하다.

"장난 아니야. 한빛이는 읽고 쓰는 거 못하거든."

"왜요?"

"공부가 싫은가 봐. 안 하려고 해."

"생각해봐야 해요."

"그래 잘 생각해보고 말해줘. 난 니가 한빛이한테 기역 니은 좀 가르쳐주면 좋겠다."

교실 앞에서 실내화로 갈아 신으면서도 먼저 들어가지 않고 한빛이가 준비를 마칠 때까지 기다려준다.

"왜 이렇게 발이 커요?"

"으응, 한빛이는 열한 살이라 그래."

"열한 살이요? 근데 왜 여기 있어요?"

"지금 4학년이어야 하는데 아파서 병원에 있다가 학교를 이제 온 거야."

"그럼 내년에 열두 살이네요."

"응, 그래도 한빛이랑 잘 지내야 한다."

"네."

실내화를 갈아 신는 동안 옆에서 기다리고 서 있는 서연이에게 한 빛이 손을 맡기면서 다시 부탁을 했다

"한빛이 자리에 좀 데려다줄래?"

"그건 할 수 있어요."

그러면서 손을 잡고 교실로 들어간다. 교실에 들어서자 아이들의 인사가 쏟아진다. 오늘은 기분이 좋은지 선생님을 보자 큰소리로 "안녀세요." 하고 인사를 한다. 그것도 세 번씩이나.

선생님 얼굴에 미소가 가득하고, 아이들의 시선은 온통 한빛이를 쫓는다. 맨 앞자리로 데리고 가서는 의자도 빼주고 가방도 챙겨준다. 한빛이는 무심한 표정으로 있는데도 아이들은 와서 손을 잡아보고 쓰다듬으면서 아는 척을 한다.

서연이 같은 아이가 많아질수록 장애아들도 학교 다니는 재미가 더 많아질 텐데⋯⋯. 누가 알려주지 않아도 누군가를 배려할 수 있다면 장애가 있는 아이에게는 더없이 좋은 교육 환경이 된다. 그런

것을 아이들이 스스로 할 수 있다는 것은 그만큼 아이들의 사고 범위가 어른들의 상상을 뛰어넘는 것이기 때문이리라.

사소한 행동이지만 그 행동의 효과는 아주 크게 나타날 수 있다. 그런 행동이 보이는 그대로 다른 아이들에게도 영향을 줄 수 있으면 좋겠다.

그 걸음걸음
세상으로 향해 간다면

아이가 힘들게 걸음을 옮긴다. 아침에 경기를 몰아서 하는 녀석이니 학교생활이 엉망일 것이 눈에 선하다. 고개도 들지 못하고 침까지 주르르 흘리는 녀석이지만, 나는 그 작은 손을 꼭 잡고 오늘도 집을 나선다. 마음 같아서는 학교고 뭐고 다 집어치우고 집에 데리고 있고 싶지만, 그 유혹을 꾹꾹 눌러 참으며 녀석의 손을 더 힘껏 잡는다.

힘들어도 꾸역꾸역 따라오는 녀석을 데리고 가면서 온갖 장난질로 꼬드겨본다. 잠깐씩 웃음을 보이기도 하지만 고개를 떨어뜨린 채 마치 끌려가는 것처럼 걸음을 옮기고, 발이 땅에 붙어 떨어지지 않는 등 힘들어하는 게 완연하면 그 자리에 둘이 주저앉아 잠깐 쉬기도 한다. 등굣길, 그 짧은 거리를 너무도 길게 가는 것이다.

가끔씩 지나가는 차들만 요란을 떨 뿐 이미 등교 시간이 지난 거리는 한산하다. 우리는 여전히 길에서 둘만의 장난으로 시간을 보낸다. 아이들이 모두 지나가고 난 그 길을 큰 아이, 작은 아이 둘이서 남아 노래도 부르고, 손뼉도 치면서 한가로이 등교를 하고 있다.

무엇을 위해 이러고 있는 것인가? 누구를 위해 이러고 있는 것인가?

한빛이의 경기가 심해지면서 학교에 가는 것이 무슨 의미가 있는지 나 자신에게 질문을 해본다. 아이를 위해서라고 말을 하지만 정말 그러한지 물어본다. 내 생각을 아이에게 강요하는 것은 아닌지, 지금의 생활이 아이에게 어떤 의미로 남을지 등등 모든 것들이 뒤죽박죽 섞여 있다.

한빛이는 지금의 생활에 만족하고 있을까? 더디 가도 좋다는 생각을 받아들이고 지금의 모든 것들을 즐기고 있을까?

교실에 들어서자 아이들이 큰소리로 맞아준다. 다가와 가방을 챙겨주고, 의자를 빼서 앉혀주고, 손도 잡아주고, 뺨도 만져보고 하면서 저마다의 방법으로 인사를 한다. 내가 이 모습을 보려고 탈진한 듯 쓰러진 아이를 끌고 밀어 학교에 보내는 것은 아닌지……. 내가 그 고통을 한 번이라도 경험해보면서 아이에게 정신을 차리라고 말을 하고 있는지…….

매일매일 우리는 전쟁을 치른다. 아이는 경기 때문에 힘들어하고, 우리는 그 아이를 잡아 세우느라 안간힘을 쓰면서 아침을 맞는다. 무엇이 올바른 것인지 답을 구하지 않는다. 다만 지금 해야 할 일이 이것이라 여길 뿐.

미래를 걱정할 수 있는 사람은 정말 행복한 사람이다. 당장 내일도 예측하기 힘든 우리 현실에서 과연 미래가 주어지기나 할지……. 미래를 걱정할 틈이나 있을지……. 언제나 긍정적으로 낙관적으로 생각하고 살아가려 하지만, 긍정은 무엇이고 낙관이란 것은 어떤 것일까 하는 의문이 든다.

길거리에서 경기를 한 아이를 부둥켜안고서 털퍼덕 눕는다. 아이를 편안하게 해주어야 한다는 생각만 있을 뿐 사람들의 시선 따위는 상관하지 않는다. 길다면 길고 짧다면 짧은 시간 동안 아무것도 해주지 못하고 지켜만 봐야 하는 일이 빈번해지면서 과연 미래는 있기나 한지 긍정적인 사고의 힘은 존재하는지 회의했다.

햇살을, 따가운 여름 아침햇살을 받으며 몸이 점점 뜨거워지는 녀석을 데리고 길을 나선다. 부딪치고 쓰러지면서도 다시 일어서기를 반복해 얼굴이건 몸이건 성한 구석이 없을 정도인데도, 웃으며 일어서는 녀석을 보면서 슬픔과 기쁨이 동시에 밀려온다.

무엇을 해줄 것인지 고민하지 않는다.
어떻게 해줄 것인지 고민하지 않는다.
단지 어떻게 하면 조금이라도 몸 상태가 나아질 수 있을지, 그것만 고민하기에도 벅차다.
하늘을 품고 살아가는 녀석을 '모시고' 지내자니 우리도 이 녀석을 닮아갈 수밖에 없음을 알게 되었다. 그때는 우리도 아이의 웃음만큼 환한 웃음을 지을 수 있지 않을까.

쉼 없는 전쟁

최근 들어서 경기가 더 심해졌다.

횟수는 좀 줄었지만 증상은 겁이 더럭 날 정도이고 끝난 뒤에도 일어나지 못하고 늘어져 쉬곤 한다. 아이가 껙껙거리며 숨을 몰아쉴 때는, 머릿속은 텅 비고 눈앞이 깜깜해지는 것이 그야말로 아무 생각이 안 난다. 하지만 아이는 그렇게 경기를 하고 난 뒤에도 다시 일어나 씨익 웃으며 컴퓨터로 가서 클릭에 열을 올린다.

한빛이는 요즘 스피커 소리를 키우는 데 재미가 들어 그것을 말리는 나와 매일 악을 쓰며 싸우느라 바쁘다. 자기가 어디 클럽 디제이라도 된 것처럼 소리를 키우고 줄이고를 능숙하게 하면서 스피커에서 나오는 노래에 한껏 고무돼 까치발을 하고서 박수치며 춤추느라 정신이 없다.

하지만 우리가 사는 곳이 복도식 아파트다 보니 한 집에서 웅웅 소리가 나면 복도 전체가 울려 더운 날에도 창문을 열지 못하고 조심을 하며 지낸다. 그래서 소리가 크다고 줄이라고 하면, 대답은 넵

오줌싸개 최한빛_사고뭉치 최한빛, 이번에는 오줌을 쌌다. 키 대신에 플라스틱 바가지를 뒤집어쓰고 기념사진(?)을 찍었다. 사진 찍는다니 그저 좋단다.

죽닙죽 잘하면서도 마치 반항을 하듯이 소리를 무음으로 줄여놓고 조금 있다가 다시 왕왕거릴 정도로 음량을 높이고 펄쩍펄쩍한다.

너무 심하다 싶어 내가 스피커를 꺼놓으면, 녀석은 잠시 화면만 보다가 쪼르르 나와서는 엉뚱한 짓을 하며 눈치를 보기도 하고, 아니면 손을 잡아끌면서 얼른 가서 해결하라는 식으로 표현을 하기도 한다. 그것도 귀찮으면 의자에 깊숙이 앉아서는 나를 머슴 부리듯 하는데, 무슨 말이냐면 컴퓨터에 문제가 생겨도 들락거리지 않고 입으로 모든 일을 해결하려 든다는 거다. 방에서 나오기는 귀찮고 혼자서는 어떻게 해보려 해도 안 되니 가만 앉아서 "엄마"를 목 놓아 부르면 귀찮아서라도 가보는데, 정작 가서 보면 노래가 안 나온다고 모니터에 손가락을 대고는 울상을 지으며 불쌍한 척 하고 있다. 마치 영화 《슈렉》에 나오는 고양이가 측은한 표정으로 사정을 하는 것처럼.

그렇게 매일 서로 고함을 지르며 지내는 것이 최근의 일상이다. 그래도 소리 키우면 안 된다고 일러주면, 알아듣고 그러는지 아니면 그 대답이 최선이라 여기는 것인지 몰라도 대답 하나는 자판기에서 커피 나오듯이 곧잘 한다.

그렇게 컴퓨터 삼매경에 빠지면 가끔은 서서 오줌을 싸기도 하는데, 요즘은 젖은 옷을 벗어 손에 들고서 내 코앞에 들이밀며 사고 쳤으니 알아서 치우라는 식으로 나오기도 한다.

이 전쟁의 끝이 과연 있을지…….

응급실로 달려라

금요일, 종일 잘 지내고 집에 들어온 녀석은 여느 때처럼 컴퓨터로 달려갔고, 그 사이 나는 저녁을 준비했다. 그런데 갑자기 쿵 하는 소리가 나서 가보니 녀석이 바닥에 널브러져 있는 것이다. 엎어져 있는 녀석을 돌려 누이려 하는데 피가 흥건하다. 살펴보니 코피는 아니고 입에서 나오는 피다. '또 입술이 터졌나?' 하며 들여다보았는데 심상치 않은 것 같았다. 피를 닦아주다 보니 허연 것이 바닥에 뒹굴고 있다. 이런, 이가 뿌리째 뽑힌 것이 아닌가!

'이럴 때 이를 보관하는 방법이 있었는데……. 식염수에 담가야 하나, 우유에 담가야 하나? 뭐였더라?'

다니던 치과에 연락을 하기 위해 마님에게 전화를 하니 얼른 병원에 가지 전화는 뭐 하러 하냐고 타박이다. 맞는 말이다. 그래도 다니던 곳이 낫겠다 싶어서 번호를 알아내서 병원에 물어보았더니 대뜸 큰 병원으로 가란다. 부랴부랴 아이를 데리고 가는데 이놈은 세월아 네월아 하고 있다. 어른만 마음이 급하고, 아이는 볼 것, 참견할 것,

다 해가면서 여유를 부린다.

서둘러 응급실에 도착을 했더니 접수부터 하란다.
"아니, 응급실에 오면 왜 왔는지, 어디가 아픈지, 뭐 이런 걸 먼저 물어봐야 하는 거 아닙니까?"
"접수부터 하세요."
내가 따지고 들어도 간호사는 내 말은 귓등으로 듣는 모양이다. 요지부동으로 버티는 간호사 때문에 일단 접수를 하고, 다시 와서 따져 물으니 그제야 아는 척을 하면서 기다리란다.
"이가 이렇게 뽑히면 서둘러야 한다던데 얼마나 기다려야 합니까?"
"지금 세미나가 있으니 두 시간은 기다려야 하는데요."
황당하기 짝이 없다. 내가 큰소리로 항의를 하자 다른 의사가 와서 바로 연락을 하고 조치를 취할 테니 기다리란다.
'하여간 뭐든 마음에 안 들어. 이노무 병원이란 곳은.'

병원이라면 체질적으로 싫어하는 나는 한빛이를 데리고 병원에 혼자 가는 것조차 두려워할 정도다. 이 녀석을 데리고 제대로 진료를 받기도 어렵거니와, 발버둥치는 것을 잡고 실랑이하는 것도 힘들고, 주사기 같은 도구들을 보는 것도 싫어한다. 그러다 보니 가급적이면 혼자서는 한빛이를 데리고 병원 출입을 하지 않는 편이다. 게다가 이때처럼 의사나 간호사와 승강이라도 하는 날은 더더욱 피곤하다. 그 사이 마님이 병원에 도착했다. 마님 얼굴을 보니 안도의 한숨이 나온다.

다른 의사가 내려와서 한빛이를 보고는 이 상태로는 어렵다며 재울까 어쩔까 구시렁대듯이 말을 한다. 우는 아이 젖 준다고 내 항의 때문인지 아니면 다른 이유가 있는지 모르겠지만, 먼저 온 다른 아이가 있는데도 한빛이를 데리고 진료실로 올라간다.

네 명이 들러붙어서 수선을 떠는데 가만있을 한빛이가 아니다. 소리소리 질러대니 조용한 2층이 비명으로 가득하다. 의사는 세미나에 방해가 될까 걱정이 되는지 조용하라고 성화다. 의사의 말을 가만히 듣고 있자니 화가 치밀었지만 진료 중이니 뭐라 하지는 못하고 한빛이와 같이 숨만 헐떡이며 참는다. 한참을 그렇게 실랑이를 하고 나서야 겨우 치료를 마쳤다. 의사의 태도는 끝까지 마음에 들지 않았다. 주의 사항을 전달하는 그 형식적인 태도란……

그 소동을 치른 뒤, 원무과에서 진료비 청구서를 보고 또 한 번 뜨악했다. 겨우 철사 하나 대놓고는 30만 원을 내란다. 하도 어이가 없어 무슨 이런 경우가 있냐면서 따져 물었더니 수납 직원은 별 말이 없이 "치과 진료는 원래 비싸요."라는 말만 되풀이한다. 아무리 그래도 그렇지, 뽑힌 자리에 잘 가져온 이 끼우고 철사로 고정만 시켜놓고는 무슨……. 도둑놈 심보가 따로 없다.

이번 주말에는 할머니와 외출을 하기로 했는데, 이번 사고 때문에 할머니는 외출할 기분이 싹 가셨단다. 그렇게 한빛이는 주말 스케줄을 엉망으로 만들어놓고 할머니의 걱정만 더 키워놓고 말았다.

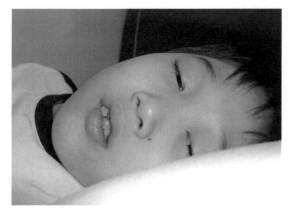

할머니처럼_벌어진 입술 사이로 조그만 철사로 이를 고정한 것이 보인다. 저도 먹을 때는 신경이 쓰이는지 틀니를 낀 할머니처럼 오물거리면서 먹는다.

학교 가면 특수 교육 보조원이 또 뭐라 할 텐데……. 주말만 보내면 멍이 들어서 온다고 아이 좀 잘 보라고 지난번에도 한소리 들었는데……. 이번엔 아예 이까지 뽑았으니, 일장 연설을 들어야 할지도 모르겠다.

그나저나 집에 있는 가구를 모조리 버려야 할 것 같다. 마님은 어떻게 하면 집 안을 조금 더 안전한 구조로 바꿀 수 있을지 머리를 싸매고 연구 중이다. 매일 이렇게 꾸미고, 저렇게 해보고…….

이러다 스펀지로 집을 꾸며야 할지도 모르겠다.

감정의 롤러코스터

1. 희喜

즐겁다.

모든 것들이 즐겁다. 아이의 병이 깊어가고 웃을 일은 점점 줄어들지만, 아이도 어른도 모두 지금 이 순간을 즐겁게 지내려 한다.

하루에도 몇 번씩이나 쓰러지는 녀석을 보면 속이 시커멓게 타들어가지만, 쓰러졌다 다시 오뚝이처럼 일어나 환한 웃음을 지어 보이는 녀석이어서 좋다. 한 번 쓰러지면 탈진해 손가락도 움직이지 못하고, 눈만 멀뚱거리다 잠이 들기도 하고, 한참을 누워 부스럭대기도 하지만, 그 웃음으로 모든 고통을 상쇄해버린다.

마법의 웃음을 가진 이 아이를 보면서 함께 웃을 수 있다는 것은 즐거움이다. 즐거움은 애써 만들려고 해서 만들어질 수도, 눈 부라리고 찾으려 해서 찾을 수도 없다는 것을 아이는 매일 우리에게 보여주고 있다.

모든 것들이 흐르는 대로 그렇게 흘러가면 다 즐거울 일이다.

2. 노怒

분노한다.

장애를 경시하는 이 사회를 보면서, 다름을 인정하지 않는 사람들을 보면서, 분노가 차오르는 것을 느낀다.

잘난 놈은 잘난 대로 못난 놈은 못난 대로 살아가는 것이 우리네 삶이지만, 어느 축에도 끼지 못하는 부류가 장애인이란 것을 알고 나서는 매일매일 분노하게 된다. 국가는 손을 놓고, 지방 정부는 외면하고, 사회는 모른 척하면서 저희들끼리 '잘 살아보세'를 외친다.

장애인 가운데 장애를 극복하고 성공한 몇몇 이들만 사람대접을 하고 대다수 장애인들은 나 몰라라 하는 모습을 보면서, 장애는 극복하는 것이 아니라 함께 살아가는 것이라 아무리 목이 터져라 외쳐도 듣는 사람 하나 없는 냉랭한 현실을 보면서 내딛는 걸음걸음이 분노로 가득 찬다.

3. 애哀

슬프다.

하염없이 기다려도 무엇 하나 돌아오지 않는 지금이 서글프다.

말이란 것도 건네면 다시 되돌아오는 것이 이치건만, 한빛이와의 대화는 아무리 보내도 다 삼켜버리고 마는 메아리 없는 대화가 되어버린다. 아이는 쑥쑥 콩나물 크듯이 자라지만 아무것도 변화시키지 못하고 있다는 사실에 무력감과 서글픔만 가득하다. 학교에 가고 싶어도 갈 수가 없고, 여행을 가려 해도 오만 가지 준비를 하느라 시간을 다 허비하는 것이, 사람들과 어울리고 싶어도 이 눈치 저 눈치 봐야 하는 현실이 목이 메도록 서럽기만 하다.

장밋빛 내일을 기약하며 기다리라는 말만 되풀이하는 것은 대통령이나 일개 공무원이나 매한가지다. 장애인을 위한 작은 정책 하나로 마치 장애인의 문제를 모두 다 해결한 양 생색을 내는 정치인들을 보면 더없이 슬프다.

4. 락 樂

좋다.

모든 것이 다 좋다. 아이로 인해 만들어지는, 아이와 함께하는 전부가 다 좋다.

꾸밈이 없는 아이, 좋은 것과 싫은 것이 분명한 이 아이를 누군들 좋아하지 않을 수 있을까.

목젖까지 보이며 환한 웃음을 짓는 녀석을, 두 팔을 벌려 달려와 안기는 녀석을, "안녀세요?" 하는 어눌한 발음이든 소 뒷걸음에 쥐 잡는 격으로 어쩌다 한 번 있는 또렷한 발음이든 애써 이야기하는 녀석을 나는 좋아한다.

풀썩 넘어져 아픈 자리를 손가락으로 콕 짚어내는 모습도, 물에 텀벙 들어가 입술이 파래지도록 놀다가도 눈이 마주치면 뒤뚱 걸음으로 달려와 안기는 모습도 좋아하지 않을 수 없다.

하루를 보내면서 희로애락, 이 네 가지 감정이 수십 번 롤러코스터를 타듯 교차하지만, 그래도 여전히 분노나 슬픔보다는 기쁨과 즐거움이 더 많다. 아이에게 화를 내기도 하고 매를 들기도 하지만 그때뿐이다. 아이 때문에 더 많이 웃을 수 있으니 즐겁지 아니한가.

우리는 앞으로도 주욱 이렇게 살아가련다. 즐겁게 웃으며 사는 게 더 잘사는 것이라 여기면서 그렇게 살란다.

또 다른 학기를 시작하며
교육의 의미를 생각하다

　새 학기가 시작되었지만, 한빛이에겐 개학이라고 특별한 의미가
있는 것은 아니다. 아이가 여름 내내 힘겨운 시간을 보낸 터라 아이
를 학교에 보낼 일을 생각하면, 개학이 도리어 마뜩치 않은 것도 사
실이다. 가서 잘 지낼지도 모르겠고, 생기 없는 몸으로 견뎌낼지도
모르겠다. 잘 되겠지…….

　걱정은 저 멀리 날려버리고 오늘도 한빛이는 가방을 메고 학교로
간다. 다시 새로운 환경 속으로 들어간다.

　첫날부터 비틀비틀 걸음에 힘이 실리지 않는다. 침은 주르르 흐르
고 고개는 땅으로만 향하니, 두 마음이 투닥거리며 쌈박질이다.

　'아프다고 말하고 하루 쉬어라.' '그래도 첫날인데 가야지.'

　쉬 결정을 내리지 못하는 사이 벌써 학교 앞이다. 어렵사리 교실
에 도착하니 선생님이 반가이 맞아주신다. 선생님께 방학 동안의 이
런저런 이야기들을 짧게 전하니, 걱정하시는 모습이 역력하다.

"건강하게 지내다 와야지. 안 그래도 궁금했는데 힘든 시간을 보냈구나."

교실에 들어서면서 한빛이가 왔다고 신호를 보내자 아이들이 환호로 맞이해준다. 고개도 들지 못하는 녀석은 털퍼덕 자리에 앉아 바로 책상에 얼굴을 파묻는다. 앞머리가 눈을 찔러 핀을 꽂아주었는데, 그 모습을 보고 다들 몰려들어서 한마디씩 건넨다.

"왜 핀을 했어요?"

"여자 같아."

"우와, 한빛이 머리 봐라."

친구를 사귀기 위해 선택한 방법이 아이들 시선 모으기였다. 머리 모양 때문에 단박에 눈길을 끌긴 했는데, 아이의 컨디션이 영 아니다 보니 분위기를 이어가지 못한다.

새로운 학기에는 한 가지라도 나름의 의미를 찾을 수 있어야 할 텐데……. 그저 가방 들고 왔다 갔다만 하면 안 되는데……. 의미라고 거창한 것을 말하는 것은 아니다. 생활 영역의 확대와 적극적인 친구 만들기 정도가 전부다.

하지만 친구라는 것이 억지로 만든다고 만들어지는 것이 아니라 아이들 스스로 마음을 열고 다가올 때 만들어지는 것인데, 장애를 가진 학생들은 그런 기회를 가지기가 쉽지 않다. 장애 학생들은 다른 아이들 수업에 방해가 된다는 이유로 외톨이가 되기 십상이다.

더구나 발달 장애(지적 장애, 자폐증)를 가진 아이들은 문제 행동(혹은 돌발 행동)을 보이는 경우가 있는데, 이런 행동을 이해하지 못하면 그를 동등한 인격으로 바라보고 친구가 되기보다는 자기와 뭔가 다른 신기한 사람, 즉 호기심의 대상으로만 여기게 된다. 친구가 되는 과정은 서로를 알아가는 과정이나 마찬가지인데, 서로 다름을 인정하더라도 이런 문제 행동 때문에 거리가 생기는 것이다.

이 때문에 교사의 역할이 더욱 중요해진다. 장애를 가진 학생을 이해할 수 있도록 교사가 적극적으로 나서준다면, 문제 행동이 친구에 대한 편견을 갖게 하기보다 오히려 더 깊이 알게 되는 계기로 작용할 수도 있을 것이다. 그래서 나는 교사의 역할이 자신의 지식을 학생들에게 잘 전달하는 데 머무는 것이 아니라 학생들의 수업 참여를 이끌어내고 아이들과 함께 어울릴 수 있는 방법을 찾아가는 데 있다고 보고, 그런 교사가 되어줄 것을 요구하는 것이다.

어쩌면 이것도 희망사항일 수 있다. 하지만 장애인을 위한다는 이유로 시작된 배려도 지나치면 함께하는 환경을 만드는 데 걸림돌이 될 수 있다. 예컨대 "○○ 가방 좀 챙겨줘." 하는 식으로 어른들(교사)이 직접 개입을 하게 되면, 아이들이 스스로 판단해서 도와주거나 기다려주는 게 아니라 하나부터 열까지 어른들의 입김에 의해 좌지우지된다. 선생님들의 선의나 학급 전체를 효율적으로 이끌어야 하는 고충을 모르는 바 아니지만, 결국은 아이들이 스스로 판단하고 관계를 형성하는 것을 훼방하는 것이나 다름없다. 그러므로 다소 문제가 있더라도 아이들 스스로 해결하도록 지켜봐주면, 장애라는 것을 놓고 서로가 더 많은 부분들을 이해할 수 있게 될 것이다.

담임선생님께 교육(지식 전달이라는 의미로 한정했을 때)은 필요 없다고 말은 했지만, 정말 어른의 욕심 때문에 아이를 힘들게 하는 것은 아닌가 하고 늘 생각한다.

장애의 특성이나 유형을 고려하지 않고 이루어지는 기계적인 수업으로 아이들이 뭘 얻을 수 있을까? 장애의 유형과 장애 정도에 맞춘 개별적인 교육 프로그램이 만들어지고 제공된다면 교육 효과가 훨씬 높아질 수 있다. 마치 대단한 특혜나 베푸는 것처럼 '평등한 교육'을 이야기하고 있지만, 교육 현장은 성적이 중심이 되고 경쟁 논리가 지배하다 보니 장애아들을 위한 별도의 교육을 기대하기 어렵다. 결국 평균화된 일반 교육을 따라가야 하는 장애아들은 공부에 흥미를 가질 수가 없고 학교에 적응하기가 더욱 어려워지는 것이다.

장애 학생과 관계된 사람들은 모두 최선을 다하고 있다는 사실을 부정하지는 않지만, 그럼에도 아쉬움은 남는다. 다양성에 대한 고민이 깊지 않다는 것 때문이다. 물론 글자나 숫자를 가르치고 익히는 것도 굉장히 의미 있고 중요하다. 하지만 나는 그것이 교육의 전부는 아니라고 생각한다. 교육敎育이란 지식이나 기술을 가르치고[敎] 인격을 길러 자라게[育] 하는 것인데, 해석을 어떻게 하느냐에 따라 다양한 교육이 있을 수 있다.

장애를 가진 아이에게 무엇을 어떻게 가르쳐야 온전한, 독립된 인격으로 키울 수 있을까? 그 아이들에게 어떤 의미를 만들어줄 수 있을까?

내가 너무 예민한가?

아이들의 행동이 달라지고 있다.

아이들은, 선생님께 한빛이의 이야기를 듣긴 했겠지만, 한빛이에 대해서 잘 모르고 그저 이상한 아이라 여겼을 것이다. 한 학기를 보내고 난 뒤 한빛이를 대하는 아이들의 태도가 학기 초와 달라져 자꾸만 비교가 된다. 물론 내 기분 탓이겠거니 하고 넘겨버릴 수도 있지만, 아이들의 소소한 행동들이 자꾸만 마음에 걸린다.

무엇보다 아이들이 한빛이를 장난감 대하듯 하는 것이 가장 거슬린다. 물론 아이들이 전부 그러는 것은 아니고, 몇몇 아이들은 여전히 한빛이에게 잘해준다. 하지만 좋은 모습보다 좋지 않은 모습이 눈에 더 띈다. 예를 들어, 슬그머니 다가와 얼굴을 꼬집어 흔들거나, 이것저것 해보라며 시키고는 한빛이의 반응에 따라 우르르 모여 손가락질을 하거나 쿡쿡 찔러보는 식이다. 한빛이가 싫다고 해도 아랑곳 않는 것을 보면 슬그머니 화가 나기도 한다.

아이들이 이런 행동을 할 때 어떻게 해야 좋을지 모르겠다. 혼내기도 그렇고, 유야무야 넘어가기도 그렇고, 그렇다고 일일이 아이들을 붙들고 설명을 하기도 그렇다. 참 어렵다.

학교에서 장애와 관련해서 좀 더 적극적인 교육을 해주었으면 하지만, 그것은 어디까지나 장애아를 키우는 부모의 바람일 뿐이고 당장의 현실과는 너무도 동떨어져 있다. 학교가 한 사람을 전인적 인격으로 키우는 터전이라는 말은 허울뿐이고 오로지 진학을 위한 징검다리로 전락해버린 지 오래다. 일제 고사다 뭐다 해서 초등학교부터 시험에 시달리는 것이 현실이다. 이런 상황에서 교육의 정신을 이야기하고 약자에 대한 배려나 이해를 말하는 것은 개인의 욕심으로 여겨질 뿐이니 답답하기만 하다.

아이들은 장애가 무엇인지 관심이 없다. 단지 자신들보다 나이도 많은 아이가 자신들보다 못하다는 것만 눈에 보일 뿐이다. 그래서 배려나 이해, 공존이 아니라 자신의 기분에 따라 상대를 대하는 것이다. 어른들이 개입할 수 있는 것은 교사라는 통로를 통하는 것인데, 그것도 현실적으로 어려움이 있다.

일어나는 일을 전부 관찰하는 것은 불가능하다. 그래도 조금 더 신경을 써주었으면 하는 마음이 생기는 것은 어쩔 수 없다. 이런 일에 부모가 나서는 것이 오히려 문제를 더 크게 만들 수도 있겠지만 만약 상황이 지금보다 더 나빠진다면 나서지 않을 수 없다.

내가 걱정하는 것은, 아이들 문제에 부모가 끼어들게 되면 아이들은 부모의 눈치를 보게 될 것이라는 점이다. 그러면 아이들은 한빛이를 이해하려 하기보다 아예 상대하지 않는 것, 즉 문제를 만들지 않는 것이 상책이라 여길 수 있다. 결국 한빛이는 급우들 사이에서 고립되고 배제될 가능성이 커진다. 아이들 문제는 아이들 스스로 풀어 가든지 아니면 선생님이 적절한 타이밍에 개입해주길 바랄 뿐이다. 선뜻 나서지 못하고 기다리는 이 시간이 그 어느 때보다 힘들다.

모든 사람들의 생각이 하나로 모아지는 것은 이상적인 상태임이 분명하다. 하지만 그렇다고 손 놓고 기다리기만 한다면 이상은 현실에서 점점 더 멀어질 것이다.

장애를 가진 사람이 사회 속에서 안정적인 생활을 하기 위해서는 많은 것들이 따라야 한다. 물질적인 것도 필요하고, 시설 환경을 개선해 가는 것도 필요하다. 가장 필요한 것은 사람들이 장애를 바라보는 인식의 변화다. 장애인을 그저 부족한 사람, 혹은 모자란 사람으로 여긴다면 함께 살아간다는 것은 꿈도 꾸지 못한다. 장애인과 사람의 관계가 아닌 사람과 사람의 관계를 만들고 그런 인식이 생활 환경 속에 자연스럽게 스며들어 함께 어울려 살아가도록 해야 한다.

장애를 가진 사람은 무조건 도와주어야 한다는 것이 아니라 서로의 차이를 인정하고 그 속에서 장애인의 인권이 존중되는 분위기를 만들어야 한다는 말이다. 이것은 대단한 무언가가 아니라 교육을 통해 충분히 만들어갈 수 있는 일이며, 그래서 더욱 학교의 역할이 중요하다.

하지만 현실에서는 정반대로 학교가 장애 학생을 배제하는 데 앞장서고 있다. 단지 수업에 방해가 된다는 이유로 혹은 통제가 안 된다는 이유로 장애 학생에 대해서 분리 수업을 권하거나, 배려하는 듯이 힘든 과제에서 제외시키거나 학교 행사에 빠져도 된다는 식으로 말한다. 이것은 장애 학생을 '배려'하는 것이 아니라 '배제'하는 것이 되어, 결국 장애 학생은 보이지 않는 공간으로 내몰리게 될 것이고, 비장애 학생들은 장애 학생과 공감하기보다는 그들을 경쟁에서 제외된 사람으로 여기며 홀대하게 될 것이다.

아이들의 사소한 행동을 보면서 든 생각인지라 단편적인 사고일 수도 있지만, 그런 행동을 보면서 어른들의 역할과 학교의 역할을 다시금 생각하게 된다. 교사들이 이끄는 교실 분위기가 장애 학생을 배제하고 제한하는 쪽이라면 결국 장애와 비장애라는 장벽은 무너지지 않을 것이다.

장애가 무슨 벼슬도 아니지만 죄도 아니다. 그러니 장애 때문에 인간으로서의 기본적인 권리를 침해받아도 되거나, 아니면 애초부터 그런 권리를 무시당하며 지내야 하는 것도 아니다. 부모로서 바라는 것은 단순하다. 학교(교사)가 아이들에게 장애를 이해시키려는 노력을 적극적으로 기울여달라는 것이다. 그런 과정에서 어른들도 변하게 될 것이다. 아름다운 세상은 철학이니 정치니 하는 따위로 만들어지는 것이 아니라 사람들 사이의 관계를 새롭게 만들어가는 것에서 시작한다는 데 사람들이 공감하고 그런 생각을 함께 실천했으면 한다.

아이들의 대수롭지 않은 행동들을 웃어넘기지 못하고 체한 것 마냥 답답해하는 것도 사소한 말과 행동 들이 만들어낼 우울한 결과가 자꾸만 그려지기 때문이다.

한바탕 소동이 나다

한빛이는 찬바람이 불어도 여전히 기운을 차리지 못한다. 아침마다 경기를 해서 제대로 걷지도 못하는 녀석을 질질 끌다시피 해서 학교에 보낸다. 교실에서 지내는 것도 예전만 못하고 생기도 없는 모습이 보기에도 안쓰럽다. 비실비실 걸어 다니는 것도 그렇고, 아이들이 다가와 아는 척을 해도 제대로 얼굴을 들어 쳐다보지 못하면서 아이들의 반응도 시들하다.

끝나는 시간에 맞춰 교실에 가니 어른이 세 명이다. 한 사람은 못보던 사람이라 학부모인줄 알았는데 보건 선생님이시란다. 새로 오신 분이라 알아보지 못했다.

담임선생님이 한숨을 쉬며 다가와 걱정스럽게 이야기한다.

"오늘 한빛이가 잠깐 사이 경기를 하면서 책장에 부딪쳤어요."

"그건 일상다반사니 오래 담아두지 마세요."

웃으면서 선생님을 안심시키려는데 선생님은 그게 아니다.

"모서리에 찧기라도 하면 많이 다칠 텐데, 너무 놀랐습니다."

"집에서는 그것보다 더 심하게 하거든요. 그냥 그러려니 하세요."

"너무 놀라서 보건 선생님도 올라오셨어요."

"그러다 말거든요. 어디 깨지면 병원으로 실려 보내면 되지만 지금은 괜찮습니다."

담임선생님은 내가 아무렇지도 않게 이야기하는 것이 더 놀라운 모양이다. 한빛이를 키우면서 오늘처럼 경기하면서 넘어지고 부딪치는 일은 다반사이고 이보다 험한 일도 워낙 많이 겪다 보니 이제는 웬만한 사고는 담담하게 받아들이게 됐다. 처음에는 우리도 안절부절못하며 안타까워했지만 시간이 지나면서 이런 일은 작은 것에 지나지 않는다고 별일 아니라고 생각하게 되었다. 일이 벌어질 때마다 걱정하며 지낸다면 매일 함께 지내기가 힘들어지는 것도 이유 가운데 하나다.

아이를 어디에다 맡기더라도 우리가 가장 먼저 하는 이야기는 '어디 깨지거나 부러지지 않으면 괜찮다. 소소하게 다치는 일은 예사이니 크게 마음에 두지 말라.'는 것이다. 이것은 상대를 믿고 가야 한다는 내 평소 지론과 더불어 작은 것까지 모두 챙기려 들면 아이와 함께하기 어렵다는, 경험으로 얻은 최종 결론이다.

"아버님 너무 쉽게 말씀을 하세요."

어색하게 웃으며 이렇게 이야기하는 선생님께 달리 이야기할 것이 없다. 많이들 놀란 모양이다. 특수 교육 보조원은 그때까지도 진정이 안 된 상태였다.

"경기하는 것에 너무 신경을 쓰면 부담만 커지니 그저 일상이거니 하세요."

아이를 데리고 집으로 돌아오면서 왠지 씁쓸한 기분이 들었다. 아이에게 관심이 집중된다는 것은 행동반경이 그만큼 줄어든다는 것인데, 그렇게 되면 아이가 교실에서 생활하는 데에도 별 도움이 되지 않을 것이다. 안전을 고려해 아이를 살피게 되면 자연히 하지 말아야 할 일들만 늘어날 것이고, 아이와 갈등할 일이 많아져 서로에게 피곤함을 느끼게 될 테니까.

선생님들의 걱정이 더 늘어난 듯하다. 경기에 대해서는 이미 이야기를 했었지만, 별일 아니라는 듯 내가 이야기를 해서 그런지 그 심각함을 제대로 인식하지 못했던 모양이다. 이번에 그 모습을 제대로 보았으니 안전을 생각한다면 부담이 한층 더 커진 셈이다.

약 때문에 그러는지, 아니면 다른 이유에서인지 경기를 하는 횟수가 많아지면서 아이가 생기도 없고, 의욕도 없이 지낸다. 종일 고개를 들지 못하고, 침을 흘리며 있거나, 쓰러져 있거나, 잠들어 있는 시간이 늘었다. 아이 상태가 이러니 늘 무언가 대비해야 할 것만 같아, 마음 한구석에 불안감이 커진다. 언제 어떻게 될지 모른다는 생각에 일이 손에 잡히지 않고, 눈앞에 아이가 있어야 안심이 되니 마님과 나의 생활도 덩달아 엉망이 돼가고 있다.

지금 무언가 일이 벌어지고 있는 걸까?

수영장에서 생긴 일

    학교에서 하는 방중 학교나 체험 학습에 한빛이를 보내지 않고 집에서만 뒹굴게 했더니 마님의 호통소리가 높아진다.

    그래서 생각해낸 것이 바로 수영장이다. 이 겨울에 수영장이라니……. 물을 별로 안 좋아하는 아비를 만나 물에 갈 일이 없던 녀석인지라 처음으로 물을 찾아 길을 나선다. 코도 맹맹하고, 목소리도 그릉그릉 심상찮은 녀석을 데리고 주섬주섬 가방을 챙겨 집을 나섰다.

    수영장에 도착해 남자와 여자로 나누어 표를 끊었는데, 입장하는 곳에서 일이 생겼다.

"표가 잘못 됐는데요?"

"왜요?"

한빛이는 남자 표를 끊었는데 직원이 막아 세우더니 하는 말이다.

"어머니가 데리고 들어가야 하는데요."

물놀이 중이에요_신나게 물놀이 중인 최한빛. 물을 싫어하는 아빠 탓에 오랜만에 수영장을 찾았다.

직원이 다시 당부한다.

그 말에 마님은 이해하기 어렵다는 듯 설명을 한다.

"아이가 너무 커서 제가 데리고 갈 수 없는데요."

직원은 무전기로 매표소와 연락을 하면서 잘못을 정정해주려 애를 쓴다. 화도 내지 않고 친절하게 응대를 하는 것도 그렇고 처음에는 우리 쪽에서 직원의 말이 무슨 소리인지 이해를 못해 해명을 하지 못했다.

"제가 데리고 들어가도 되나요?"

마님이 나서서 다시 물어본다.

나야 그렇게 해주면 얼마나 고마운 일인데……. 한빛이와 목욕탕 가서 싸운 일만 생각하면 안 가고 싶은 마음이 굴뚝같은데, 직원들이 선뜻 나서서 엄마와 가야 한다고 해주니 더없이 고마운 일이다.

"큰 아인데, 남자 탈의실에 가도 되나요?"

직원이 이 말을 듣고서야 이제까지의 상황이 정리가 된다. 마님이 웃으며 대답해준다.

저, 여자 아닌데요_ 웨이브 머리를 풀어헤치고 책을 보고 있다. 머리를 기르니 사람들이 자꾸만 여자라고 오해를 한다.

"이 아인 남자인데요."

직원이 조금 당황스런 얼굴로 반문한다.

"남자예요?"

"네!"

그제야 팔목에 띠를 묶어주며 들어가라 한다.

한빛이 머리카락이 어깨에 닿아서 고무줄로 질끈 묶어놓기도 하고, 생긴 것도 뽀얗고 하니 아무런 의심 없이 여자로 본 것이다. 입구에서 뒷사람들에게 민폐를 끼치면서 벌인 소동은 그렇게 끝이 났다.

집에 와서 둘이 얼마나 웃었는지…….

2008년

벽은 여전히!
　　　높고 단단하다

2학년이다!

　학기가 새로 시작되어서인지 학교가 부산하다. 복도는 왁자하고, 봄볕 가득한 운동장에서는 아이들이 흙먼지를 펄펄 날리며 공을 찬다. 그런 중에 한빛이도 이제 2학년이 되었다.

　녀석이 학교에 가는 모습을 보면, 마치 영화 《중경삼림》의 한 장면을 보는 듯한 기분이 든다. 《중경삼림》에는 매우 독특하고 인상적인 장면이 있다. 홍콩의 골목길을 주인공 임청하는 정지한 듯 느리게 움직이는데, 주변 사람들은 상당히 빠르게 움직이는 장면이다. 다른 아이들은 그렇게 부산을 떨며 움직이고 있는데 느릿느릿 움직이는 한빛이를 보니 굼벵이가 산책을 나온 것 같기도 하고 아무튼 영화 속 그 장면이 떠올랐다.

　새로운 교실에서 새로운 친구들과 새로운 선생님을 맞이하는데도 한빛이는 작년과 달라진 것이 하나도 없다. 새로운 것에 대한 기대감을 안고 있는 아이들과 달리 녀석에게는 그저 평소와 다름없는 일상이 이어지고 시간이 흐를 뿐이다. 오늘도 아이의 손을 잡고 큰소

보조원 '샘'의 고난 _ 고운 얼굴만큼이나 마음씨도 고왔던 특수 교육 보조원 선생님. 운동회가 있던 이 날도 한빛이 투정 받아주고, 한빛이 챙겨주느라 고난의 연속이었으리라. 사진은 1학년 운동회 때.

리로 노래 부르며 제 멋에 취해 학교에 갔다 집으로 오기를 반복하고 있지만, 다른 아이들을 보면서 부러움과 아쉬운 마음이 드는 것은 어쩔 수 없다.

학기 초라 시끌시끌한 것은 이슈만 다를 뿐 일반 학급이나 특수 학급이나 매한가지다. 특수 학급에서는 특수 교육 보조원의 배치 문제가 주된 논란거리다. 특수 교육 보조원은 특수 교사가 아이의 상태를 고려해 시간을 배정하는데, 아무래도 자기 아이에게 더 많은 시간이 배정되었으면 하는 게 부모 마음인지라 모든 사람을 만족시키기란 실로 어려운 일이다. 저마다 불만을 토로하니 솔로몬의 지혜가 절실해진다.

장애 아동의 부모들은 대부분 아이에게 배정되는 시간의 많고 적음을 아이의 상태가 아니라 아이에 대한 교사의 관심이 어느 정도냐에 따른 것이라 여기고 있다. 그러니 형평성을 따지고 시간을 더했다 뺐다를 반복하면서 예민하게 반응하는 것이다.

어른들이 특수 교육 보조원의 시간 배정 문제로 옥신각신하며 전쟁이라도 치르는 것처럼 진을 빼는 동안에도, 아이들은 여느 때와 마찬가지로 시간을 보내고 있다.

우리는 시간을 많이 배정받든 적게 배정받든 관심이 없다. 우리가 아무리 우겨도 결정은 특수 교사가 할 것이니 계산할 필요를 느끼지 못한다. 학교에 아이를 보냈으니 학교에서 알아서 결정할 문제라고 보는 것이다. 혹시 문제가 생기더라도 그때 가서 개선하라고 더 큰 목소리로 요구하면 될 일이니 느긋하니 기다릴 밖에……

봄이라서 그런지 기운을 좀 차린 녀석이 요즘 학교생활에 열심이다. 교실에서 경기를 하기도 하고 고개를 들지 못하는 경우도 있지만, 겨울 내내 답답함을 털어 내려는 듯 생기 있는 모습을 보이는 것만으로도 좋다.

경기만 줄어도, 아니 경기를 해도 좀 자잘하게 하면 생활이 지금보다 열 배는 좋아질 텐데…… 안타깝지만 현실은 말 그대로 현실이니 있는 그대로를 인정하면서 생활하는 수밖에.

책이며 준비물 들을 학교에 모두 가져다 놓고 여벌옷과 숟가락만 들고 다니는 녀석이지만 얼굴에는 여전히 환한 웃음이 가득하다.

그 웃음 그대로 올 한 해 잘 지냈으면 좋겠다.

피곤한 한빛이

지금까지는 학교를 마치고 나면 어린이집에서 하는 방과 후를 다녔는데 이것도 여의치 않게 됐다. 열두 살이 되니 나이도 많고, 다니던 어린이집도 지금까지는 장애 전담 어린이집이었지만 앞으로는 통합 어린이집으로 전환하기 때문에 더 이상 방과 후를 운영하기 어렵다는 통보를 받았다.

하는 수 없이 집 주변의 복지관을 찾아가 면담을 하고 방과 후를 운영하는 교실에 가보니 영 마뜩잖다. 딱히 어떤 프로그램을 원하는 것은 아니지만 교실 풍경을 보니 어른은 눈에 보이지 않고 아이들만 앉아서 지내고 있다. 아이들을 돌보기만 한다는데 이건 아니다 싶었다. 그래서 다른 곳을 알아보았지만 집 부근에서는 갈 만한 복지관이 없다.

결국 근처에 있는 장애인부모회(장애를 가진 아이를 둔 부모들이 아이들의 권리를 지키기 위해 결성한 서울장애인부모회를 가리킨다. 구 단위로 지회가 있으며, 여기서 말하는 곳은 노원부모회다.)의 도움으로 다른 복지관을 소개 받았다. 집에서 좀 떨어진 곳이지만 바로 이용할 수 있다고 해 얼른 신청서를 내고 왔다. 우리는 아이의 안전이 중요하다는 이야기를 하고, 학습 등의 프로그램에는 별로 신경 쓰지 않으며 그보다 아이가 재미나게 놀 수 있었으면 좋겠다는 바람을 덧붙였다. 이 조건은 사실 내가 어디를 가나 똑같이 하는 말이다.

그렇게 어린이집과 작별을 하고 복지관을 이용하는데 한빛이가 많이 힘들어한다. 어린이집은 나이 어린 아이들에게 맞춰 운영을 하다 보니 학교에 다니는 아이들에게는 별도의 프로그램을 제공하지 않는다. 그런데 단지 돌보는 것 이외에 달리 하는 것이 없었으니 아이가 부담 없이 지낼 수 있어서 이편이 아이에게는 오히려 다행이기도 했다.

하지만 복지관은 학교처럼 시간표를 짜고 프로그램을 운영하고 있어서 학교에서 보내는 시간에 복지관에서의 시간까지 더해지니 한빛이에게는 버거운 모양이다. 그렇다고 학교 수업 시간이 1학년 때보다 늘었으니, 복지관에서는 놀게만 해달라고 하기도 좀 그렇다. 아무래도 프로그램을 운영하는 복지관 입장에서 본다면 모든 성원이 참여하는 것을 기대하는 것이 당연한 것이니까.

지금까지 이렇게 지내온 적이 없어 그러는지 녀석이 적응을 못하고 있다. 몸도 따르지 않아 경기를 하는 정도도 조금 심해졌다. 종일 활동을 해본 경험이 없는 것이 가장 큰 이유일 것이다. 고개도 들지 못하는 녀석을 보면서 그냥 집에서 지낼까 하는 생각이 머리에서 떠나지 않는다.

　비실비실하더니 결국 쓰러지고 만다. 체력이 좋은 줄 알고 있었는데 착각이었다. 겨우 동네 한 바퀴 도는 정도로 녀석의 운동량을 가늠하려 했고, 겉으로 보이는 모습에서 제법 기본은 갖추고 있을 것이라 여겼는데 막상 해보니 그렇지가 않다. 며칠 정도는 힘들 것이란 생각을 하기는 했지만 이 정도까지는 아니었다.

　오고가는 동안 눈도 제대로 맞추지 못하는 녀석을 보면서 계속 다닐까, 아니면 그만둘까 고민이 든다. 결정은 내가 하지만 그 중심에는 아이가 있다. 아이의 상태를 보고 판단을 해야 하는데 지금처럼 지내야 한다면 고민하고 자시고 할 것도 없을 정도다. 겨우 하루 지내보고 엄살을 떤다고 할지 모른다. 하지만 아이의 상태를 본다면 엄살이 아니란 것을 알게 될 것이다.

　환하게 웃으며 대답도 씩씩하게 하는 녀석이 고개도 들지 못하고 풀죽은 모습에, 몇 마디 하지 못하고 털썩 주저앉고 쓰러지고, 다시 일어나려는 듯 허우적거리다가 결국 다시 쓰러지고 만다. 고작 하루를 지냈을 뿐인데 보이는 모습은 답답하기 그지없다. 좀 더 지내보고 결정을 해야 할 일이지만, 지금 하는 모습으로는 아무것도 하고 싶지 않다. 그렇게 비실대던 녀석이 쓰러져 잠이 든다. 곁에서 지켜보다 가슴만 먹먹해진다. 침을 잔뜩 흘려가면서 안간힘을 쓰더니 결국 쓰러지고 만다.

　처진 마음을 다잡기 위해 심호흡을 하고 나 자신에게 최면을 걸어본다.

'새로운 것은 모두 연습이다! 과정마다 혼신을 다한다면 녀석에게도 조금씩 자신의 것이 만들어질 것이다!' 라고.

모두에게
시간이 필요하다

2학년이 되면서 한빛이가 흔히 문제 행동이라고 부르는 행동을 하는 모양이다.

1.

해마다 새 학년이 시작하는 3월은 특수 학급에 가지 않고 바로 통합 학급으로 올라가 생활을 한다. 일종의 적응 기간이라는데, 누구를 위한 적응 기간인지는 아직도 모르겠다. 학교 말로는 장애를 가진 아이가 새로운 환경에 적응하기 위한 시간이라는데 내 생각은 다르다. 나는 학교와 반 아이들과 선생님이 장애를 가진 아이에게 적응하는 시간을 가져야 한다고 생각한다.

담임교사와 같은 반 친구들이 장애를 제대로 이해해야 서로 나눌 게 많아지고 함께할 수 있는 분위기를 만들 수 있는데, 지금 우리네 학교에서는 이 적응 기간을 거꾸로 그것도 장애 아동에게만 일방적으로 적용하고 있다.

이날도 수업이 한창일 때, 한빛이가 뭔가 지루한 생각이 들었던 모양이다. 아니면 제 마음에 들지 않는 무언가가 있었든지. 녀석이 소리를 질러대니 수업이 제대로 될 리가 없고, 선생님도 어떻게 대처를 해야 할지 몰랐던 모양이다. 그래서 일단 한빛이를 야단치면서 하지 말라고 했더니, 녀석이 더 악악대면서 대들기까지 했던 모양이다. 난처했던 담임이 내게 어떻게 해야 할지 물었다.

"그럴 때는 교실에서는 선생님이 대장이라는 것을 알려주셔야 합니다."

"……."

"단호하게 야단을 치시고, 그것이 잘못된 행동이란 것을 알아듣든 못 알아듣든 설명해주셔야 합니다."

선생님은 한빛이를 특수 학급으로 내려 보내고 싶다는 뜻을 은근히 내비친 것인데, 내가 시쳇말로 '쌩까'면서 이야기를 하니 더 할 말이 없는 모양이다.

2.

급식이 시작되었다. 한빛이 녀석도 며칠 동안은 점심을 잘 먹었나

본데, 이날은 또 무엇 때문이었는지 식판을 엎어버려서 교실이 아수라장이 된 것이다. 담임선생님 혼자서는 힘들었는지 결국 특수 교사에게 도움을 청해 특수 교육 보조원이 투입되어 상황이 정리되었다.

사실 이런 일이 일어나리라는 것은 충분히 예상할 수 있었다. 지금 있는 특수 교육 보조원 수로는 장애 아이들을 보살피기에 턱없이 부족하기 때문이다. 부족한 인력으로 시간을 쪼개 아이들을 돌보다 보니 아무래도 여기저기서 문제가 터지는데 그중 급식이 가장 문제였다. 혼자서 배식해주는 밥을 먹을 수 있는 아이가 있는 반면, 한빛이처럼 그렇지 못한 아이들도 있기 때문이다. 그래서 활동 보조 서비스를 신청하긴 했는데, 그 문제가 수월하게 풀리지 않는 사이에 이번 일이 터진 것이다(규정상 활동 보조원은 학교 안으로 들어올 수가 없기 때문에 일단 민원을 넣고 규정에 대한 질의도 하면서 기다리고 있는 중이었다).

아무튼 나는 한편으로는 활동 보조 서비스를 신청해두면서도 다른 한편으로는 활동 보조 서비스를 받기 전까지라도 한빛이가 제 힘으로 점심을 해결했으면 하는 바람을 가지고 있었다. 아이들과 함께 줄을 서고, 배식을 받고, 함께 앉아 밥을 먹고, 뒷정리도 함께하는 그런 모습을. 그런데 그 바람이 이번 사고 때문에 물거품이 되고 말았다.

한빛이를 데리러 갔다가 아이들 하교 지도를 하고 있던 담임선생님을 만났다.

"오늘 한빛이가 식판을 엎어서 두 번을 떠다줬어요."

선생님은 이야기를 하면서 미소를 살짝 머금고 있다.

"다른 사고는 치지 않았나요?"

나도 웃으면서 마치 아무렇지도 않은 일이라는 듯이 받아넘겼다.

"……."

특수 학급에 들어갔더니 이번에는 특수 교사가 오늘 일의 자초지종을 말해준다.

"한빛, 너 뭐가 또 마음에 안 들었구나?"

"그런가 봐요."

"다음에는 아주 누워서 뒹굴면서 요구해라."

내가 웃으면서 농담을 건네자 선생님도 농담 반 진담 반으로 받아넘긴다.

"아유, 그런 건 아버님이 하시고요, 한빛이는 그러면 안 돼요."

활동 보조 서비스를 받다

학년이 올라갈수록 급식이나 이동 등 한빛이가 도움 받아야 할 일은 늘어나는데 학교에 있는 특수 교육 보조원에게는 부탁을 할 수가 없다. 돌봐야 할 아이들은 많은데 시간이나 인력은 한정돼 있는지라 지금 하는 일만도 버겁다는 것을 누구보다 잘 알기 때문이다. 그래서 다른 궁리를 내기로 했다. 바로 활동 보조 서비스!

사실 한빛이 같은 장애 아동이 정부에서 지원받을 수 있는 보조 인력은 크게 두 가지다. 하나는 교육청 소속으로 학교생활을 돕는 특수 교육 보조원이고, 다른 하나는 복지부 소속으로 일상생활과 사회생활을 돕는 활동 보조원이다.

그런데 활동 보조원은 교육부 소속이 아니다 보니 학교로 들어와 아이를 돌보는 것이 쉽지 않다. 우선 학교를 설득해야 했는데, 이 부분은 특수 교사와 협의를 거쳐 아이의 안전을 위해서는 활동 보조 서비스가 꼭 필요하다는 점을 강조했다. 우려되는 점이 있더라도 그런 문제는 어른들이 풀어야 할 것이고, 아이를 중심으로 생각한다면 그리 문제될 것이 없다고 말했다. 다음으로 활동 보조원을 장애인에게 연결시켜주는 복지관을 설득해야 했다. 복지관과는 활동 보조 서비스가 제공되는 영역에 대한 문제를 두고 한참 동안 실랑이를 하다가 결국에는 복지부에 의견을 물어보기로 했는데, 복지부에서는 시행 기관에서 알아서 정하란다. 그래서 일상 보조를 넓게 해석하면 학교생활도 결국 일상의 한 부분이니 활동 보조원이 학교로 들어가는 것이 전혀 문제가 되지 않는다는 점을 강조해 복지관의 동의를 얻어냈다.

그렇게 입장의 차이를 극복하고 4월부터 활동 보조 서비스를 받게 되었다. 그런데 학교라는 공간적 특수성 때문에 시작부터 덜커덩거렸다.

학교에서는 사고가 일어날 경우의 책임 소재부터 따지고 들었다. 학교 구성원들은 교육부 소속인데 활동 보조원은 복지부 소관이니 생긴 문제다. 학교 측은 외부인(활동 보조원)이 학교에 들어와 있으니 각서를 받아야겠다고 한다. 이런 문제와 더불어 활동 보조원이 학교에 들어오는 것을 꺼리는 데는 외부인의 존재가 교사들에게 수업을 감시받는 듯한 기분을 들게 한다는 점도 있다.

나는 활동 보조 서비스가 무엇보다 아이의 안전을 고려한 조치인만큼 학교에서 반대할 경우 이후 일어나는 사고에 대해서는 학교에서 책임을 져야 한다는 점을 분명히 했다. 또 서비스 이용에 따른 비용을 자비로 부담한다는 점을 강조하고 학교 측이 특수 교육 보조원을 늘려준다면 활동 보조 서비스를 받지 않겠다고 말했다. 학교도 대응할 말을 찾지 못했는지 마지못해 활동 보조원을 수용해주었다.

아무튼 우여곡절 끝에 활동 보조원이 학교에 들어오긴 했지만 학교 분위기는 어른(활동 보조원)이 적응하기 어려워 보였다. 학교 측이 고압적인 자세로 통제를 하니 활동 보조원이 견디지 못하는 것이다. 학교에서는 교사의 지시에 따라 움직여야 하는 것이 맞기는 하지만 활동 보조원의 경우 사전에 교육을 받지 않았으니 적응을 하지 못하는 것이다.

게다가 아이마저 비협조적인 자세로 일관하니 활동 보조원이 더욱 힘들어한다. 보조해주는 사람이 자주 바뀌면서 아이 행동에도 문제가 많아지니 어른은 자신 때문에 문제가 생긴다고 생각한다. 일이 점점 엉뚱한 방향으로 꼬여간다.

하루는 아이를 데리러 학교로 들어서는데 아이들이 퇴근하시는 선생님의 손을 잡고 나오고 있었다. 내가 학교 마치는 시간을 넘겨 도착을 한 탓에 한빛이도 담임선생님 손에 이끌려 나오고 있었다.

"오늘 한빛이가 물장난을 해서 옷을 다 버렸어요."

"아아, 네에……."

딱히 뭐라 대꾸할 말이 없었다. 아이에게 인상을 쓰며 으름장을 놓을 뿐.

도움반(특수 학급)에 들어가 신발을 갈아 신으려 하는데 특수 교사와 활동 보조원이 이야기를 해준다.

"오늘 한빛이가 없어졌어요."

"물장난 하느라 옷을 다 버려 여벌로 갈아입혔어요."

봇물 터지듯 상황 설명이 이어진다. 이야기를 다 듣고 난 뒤 그런 것은 큰 문제도 아니니 걱정하지 않아도 된다며 웃으며 넘어간다. 혹시나 책임을 활동 보조원에게 물을까 싶어 한마디 더 거든다.

"활동 보조 선생님 너무 야단치지 마세요."

그리고 한빛이를 바라보며, "한빛, 너 학교를 탈출하려고 했어?" 하고 묻는 시늉을 했다.

내 농담에 선생님들의 얼굴에 웃음이 돌고, 한빛이 녀석도 대답 대신 까르르 웃는다.

2학년이 되고 난 뒤 녀석이 저 하고 싶은 대로 사고를 치면서 다니는 것을 보니 이제 학교에 제대로 적응을 한 모양이다. 그런데 녀석이 학교생활에 적응할수록 활동 보조원의 고민은 깊어진다. 이 모든 것이 자신의 불찰로 간주되어 비난의 화살이 쏟아지기 때문이다. 활동 보조원에게 녀석에 대한 이야기를 전해들을 때마다 그에게 차근차근 설명을 하면서 잘 지내보자고 설득하긴 했지만 여전히 언제 터질지 모르는 폭탄을 안고 있는 기분이었다.

사실 활동 보조원은 학교에서 일어나는 이런저런 일들을 내게 전달해주기도 했다. 물어보지 않아도 아이로 인해 일어나는 일들을 이야기하면서 자연스럽게 선생님들의 반응이나 관심도 이야기해주니 나로서는 아주 훌륭한 정보원(?)이 생긴 셈이다.

활동 보조원의 이야기를 들어보면 결국 문제는 아이보다 어른들에게 있다. 문제가 일어나는 계기 혹은 원인은 대부분 아이에게서 비롯되지만 그것을 해결하는 과정에서는 아이를 중심으로 생각하는 것이 아니라 '유별난' 학부모에게 트집 잡히지 않는 데만 신경을 쓴다.

한빛이에게 무슨 일이 생기면 학교에 난리가 난다면서 아이에게 꼭 붙어서 보조를 해주길 당부하니 활동 보조원으로서는 그만큼 부담이 커진다. 특수 학급을 만드는 것에서부터 아이들의 교육 환경에 대한 의견을 내는 것까지 모든 것이 나를 별스럽게 보게 하는 계기가 되었을 것이다. 무엇보다 현재 내가 장애인 단체에서 일을 하고 있다는 점, 그것도 회원이 아니라 중요한 직책을 맡고 있다는 점이 크게 작용했을 것이다. 내가 학교를 어떻게 하기라도 하는지…….

그렇게 한빛이가 활동 보조 서비스를 받으면서 안전에 대한 걱정은 사라진 셈이 되었지만 마음은 여전히 편하지 않다. 유별난 아비 때문에 정작 아이에게 가야 할 관심은 줄어들고 부담만 더해지는 것 같아서이다.

아이의 건강 문제(지속적인 경기)와 학교생활의 어려움을 들어 한 달에 한 번씩 활동 보조원이 교체되면서 결국 보조 인력 지원을 받지 못하는 상황까지 이르렀다. 아이의 상태도 심각해서 위험한 축에 들고, 돌보는 곳도 학교인데 학교 안에서의 생활도 녹록치 않으니 지원자가 나서지 않은 것이다.

결국 다시 원점으로 돌아왔다.

돌발 행동 하는 아이

격한 행동을 하는 이 녀석을 어떻게 해야 하나?

장애를 가진 아이, 특히 자폐성 장애를 가진 아이와 지적 장애를 가진 아이들은 행동이 남다르다. 인지 능력이 부족하다 보니 일상생활에서 갑자기 돌변(?)하는 일이 생기는데, 이런 경우가 대처하기 가장 난처하다. 아무리 장애가 있고 인지 능력이 부족해도 환경의 변화나 주변 상황을 받아들이는 것은 다른 아이들과 같다. 하지만 자기 행동의 기준이 없다 보니 즉흥적으로 기분에 따라 좌우되는 돌발 행동이 나오는 것이다.

이 녀석의 돌발 행동은 예전에는 아주 심각했다. 지하철에서 누워서 떼쓰는 것은 물론이고 심지어 차도에서 드러누운 적도 있다. 물론 보통의 경우가 아니라 아주 특별한 경우에 해당된다. 갑작스럽게 일어나는 일을 가지고 차분하게 훈육을 한다는 것은 가능하지 않고, 그렇다고 큰소리를 내고 아이의 행동을 힘으로 제압하면 일이 더 커

일단 드러눕기!_녀석의 돌발 행동은 장소 불문이다. 요즘이야 좀 나아졌지만, 예전에는 지하철, 차도도 불사했다. 피곤한데 자꾸 걸으라 하니 불만(?)을 품은 한빛이가 이날은 아예 바닥에 누워 시위를 한다.

질 수 있다. 그래서 가급적 위험 상황에 대비하면서 지켜보고 기다린다. 물론 아이들마다 특성이 다르니 똑같이 적용하는 것은 적절하지 않다.

하여간 우리는 지하철이나 길거리 등 어디에서고 아이가 돌발 행동을 하면 일단 무관심으로 대처했다. 녀석이 암만 떠들고 지하철 바닥을 다 쓸고 다녀도 옷이야 빨면 되고 몸이야 씻기면 그만이라 생각하고 하고 싶은 대로 하게끔 두었다. 참, 그 전에 주변 사람들에게 이해를 구하는 것은 잊지 않는다. 물론 이해를 구한다는 것도 어떻게 보면 우리의 일방적인 요구처럼 보일 수도 있겠다. 그럼에도 우리가 이런 방법을 쓰는 것은, 이 또한 아이가 보편적인 규칙에 적응하기 위해 거치는 과정의 하나이며, 스스로 자신의 행동을 통제할 (멈출) 수 있도록 해주어야 한다고 여기기 때문이다. 그러니 당장에는 보기에 불편하겠지만 사회 속에서 아이가 스스로 설 수 있도록 훈련하는 과정으로 보고 이해해달라는 것이다(어쩌면 이런 설명도 자기 합리화일 수 있음을 나 자신도 잘 알고 있다). 이 방법을 고수한 결과, 녀석의 돌발 행동은 점차 줄어들었고 이제는 대중교통을 이용하는 것이 수월해졌다.

그런데 학교에서는 이런 돌발 행동에 대처하기가 쉽지 않을 것이다. 특히 수업 중에 괴성을 질러대니 더더욱 고역일 터다.

"한빛이가 수업 중에 소리 지르고, 드러눕고, 난리가 아니었어요."

"수업 중에 소리를 지르고, 누워서 안 일어나고, 밥 먹을 때 또 소리 지르고, 행동에 문제가 많아요."

"어떤 때는 제 멱살을 잡기도 하고, 발길질에 주먹질을 해대곤 해서 난감합니다."

걱정으로 가득한 담임선생님.

"집에서는 그런 버릇이 나오면 대처하는 방식이 있는데 학교는 환경이 다르니 특수 교사와 상의해보시는 게 좋겠네요."

"……."

더 이상 대화가 이어지지 않는다. 선생님도 길게 이야기해봐야 소용없다고 판단한 모양이다. 사실 특수 교사와 상의하라는 말은 누구나 할 수 있는 것이었고 담임 입장에서야 그런 답을 원한 것은 아닐 테지만, 내 쪽에서도 딱히 제공할 정보도 없고 집에서 하는 방식대로 하자면 수업을 포기해야 하는데 그 방법을 권할 수도 없다. 내게

묘안이 있을 리 없으니 대화는 그것으로 끝이 났다.

　담임선생과 아이 문제로 몇 번 이야기를 나눈 적이 있다. 그때마다 나는 학교에 전문가가 있으니 전문가와 이야기를 하고 대처 방안을 만들면 되지 않겠냐고 대답했다. 뭔가 획기적인 해결책을 기대하며 물어보는 담임은 내 대답에 기운이 빠졌던 모양이다. 하지만 학교에서 문제가 생길 때마다 매번 부모가 나선다면 아이는 결코 학교에 적응하지 못할 것이다. 그러니 내 입장에서는 특수 교사를 앞세울 수밖에 없다.

　장애를 가진 학생에게 문제가 생길 때마다 대부분의 학교는 쉬운 길로만 가려 한다. 즉, 장애 학생의 생활환경에 제한을 두거나 특정 수업에 참여하지 못하게 배제하거나 체벌을 하는 식으로.

　장애인부모회에서 활동을 하다 보니 이런 일이 흔하다는 것을 알게 되었다. 장애의 유형이나 특성, 장애 정도를 고려해 해결 방안을 찾고, 그에 따라 교육 환경을 조성하고 교육 서비스를 제공하려는 고심의 흔적이 보이지 않는다. 학교는 일어난 사안에 대해 늘 해오던 대로 간단히 처리할 뿐이다. 이유도 한결같다. '다수 학생의 학습권이 침해 받는다'는 것이다.

　다수의 권리를 보호하기 위해 소수의 권리는 침해당해도 괜찮다는 것인지……. 민주주의란 세상을 다수의 뜻과 힘으로 만들어가는 것이라고는 하지만 소수의 의견에 대해서도 열린 마음으로 경청하는 자세를 가져야 하는데……. 이런 분위기와 환경에서 아이들은 무엇을 배울 것이며 그 아이들이 커서 만드는 사회는 어떤 모습일까?

생각만 해도 끔찍하다.

아이는 여전히 교실에서 제왕처럼 지내고 있다.

하지만 나는 믿는다. 한빛이가 지금은 비록 덜컹거리며 문제를 일으키고 있지만 학교라는 환경에 적응해갈 것이라고. 또한 나는 기다린다. 한빛이가 지금과는 달라진 모습을 보여줄 것이라고.

그렇다고 무작정 뒷짐 지고 먼 산 보듯이 하지는 않을 것이다. 꾸준히 대화를 시도할 것이고, 완력으로 해결하지는 않을 것임을 보여줄 것이다. 기다림이 최고의 처방임을 믿고 있기에.

병원에서

정기 검사를 위해 병원에 입원했다. 보통은 외래에서 검사를 하는데 한빛이는 그렇게 하면 더 힘들어해서 입원을 해 검사를 다 받고 나온다. 그래야 저도 편하고 우리도 편하다.

입원을 위해 소아과 병동에 올라가니 다행히도 한빛이의 내력을 알고 있는 간호사가 있었다. 그런데 검사 받을 준비를 하는 중에 이 간호사가 인상을 쓰면서 주위 사람들에게 속닥거리는 모습을 우연히 보게 되었다. 한빛이가 그동안 검사를 받으면서 온갖 힘든 상황들을 만들었으니 다들 좋은 기억은 없을 것이다. '그래도 간호사가 그러면 안 되지.' 간호사의 태도에 화가 났지만, 그래도 검사를 받아야 하니 참고 넘어갔다.

보통 사람들은 수면 주사 한 대면 마무리가 된다고 하는데 지금까지 한빛이는 세 대를 맞고도 잠을 안 자 주사기를 들고 졸졸 따라다녀야 했다. 얼마나 버티는지 모두들 혀를 내두를 정도였다. 그래서 병원에 가면 늘 "코끼리나 곰 사냥을 할 때 쓰는 초강력 수면제를 사용해주세요."라고 농담 반 진담 반으로 이야기한다. 그러면 다들 웃으며 넘어가는데, 이 간호사가 인상을 쓰는 것을 본 뒤로 나도 똑같이 쌀쌀맞게 이야기를 해버렸다.

영락없는 A형의 소심한 복수다.

밤에 잠을 제대로 못 잔 녀석이 휠체어에 앉아 꾸벅이며 하품을 연신 해댄다. 기회는 지금이라고 당장 수면 주사를 맞자고 하니 다들 반색한다. 밤잠을 설치고 새벽에 일어났으니 저도 어지간히 피곤한 모양이다. 복도를 몇 바퀴 돌자 이내 잠이 든다. 마치 귀한 도자기를 다루듯 조심스럽게 살금살금 아이를 옮기고 눕히고 하면서 검사를 받으러 갔다.

젊은 의사가 주사약을 들고서 따라온다. 이전의 전력도 있고 하니 이참에 한 대 더 놓자고 하자 인상을 쓰면서 안 쓰는 게 더 좋단다. 누가 그걸 모르나. 검사 중간에 일어나 검사를 망친 일이 한두 번이 아니라 그러지. 어느 부모가 그러고 싶겠나.

하지만 의사의 눈에는 우리가 그야말로 '일자무식'으로 보인 모양이다. 그래서인지 인상을 잔뜩 써가면서 외면을 한다. 결국 검사를 받으면서 중간에 수면 주사를 한 대 더 맞고 만다. 검사를 하다 그만두면 손실이 너무 크기에 이 방법을 쓸 수밖에 없다. 돈이 문제가 아니라 한 번 실패하면 검사를 다시 해야 하는데 그때부터는 이놈이 상황을 파악하고서 더 완강하게 거부하기 때문이다.

잠을 설친 덕분에 검사를 무사하게 마쳤다. 우리는 '퇴원을 해야겠다.'고 의사를 따라다니면서 졸랐다. 그랬더니 의사도 흔쾌하게 승낙한다. 검사 마치면 집에 가도 좋다고.

결과야 나중에 보면 되는 일이니 말 끝나기 무섭게 후닥닥 짐을 챙겨 집으로 왔다.

역시 집이 최고다. 날이 갈수록 친절과 담을 쌓는 병원에서 며칠을 보냈더니 집이 더 그리웠던 게 아닌가 싶다.

지금까지처럼 앞으로도

이번 달에는 병원을 자주 찾는다. 오늘은 지난번 검사의 결과를 보고 앞으로 한빛이를 어떻게 할지를 가늠하기 위해 의사와 면담을 하기로 했다.

면담이라고는 하지만 뭐 크게 기대하고 있었던 것은 없다. 얼마나 더 나빠졌는지 확인을 하려던 것인 만큼 담담한 마음이다. 입원했을 당시 신경외과 상담에서는 수술 이야기가 있었는데 그 말은 없다. 2005년에 뇌 수술을 한 번 받고 나서 뇌에 찬 물을 빼는 수술을 해야 할 것 같다는 이야기를 들었고, 그 때문에 매번 뇌의 변화를 체크해 왔다.

아이의 뇌 주변에 물이 찬 상태고, 뇌 안에 뇌실이 조금씩 커지고 있어서 손을 써야 한다고 했다. 하지만 아이의 상태가 수술을 하기에 적합하지 않으니 기다려보자고 해서 기다려왔는데, 올해 검사를 하면서 다시 진지하게 수술에 대해 이야기하기에 잔뜩 긴장을 하고 있었다.

면담 결과, 지난 3년간 큰 변화가 없고, 아이의 상태를 볼 때 지켜보는 것이 좋겠다고 한다. 변화가 없다는 것은 나아졌다는 의미보다는 뇌실의 크기가 급격하게 변화되지 않고 있다는 말이고, 아이의 상태도 지금의 뇌 상태가 아닌 상당히 정상적인 뇌 상태에서 보이는 모습이어서 섣부르게 무언가 조치를 취하지 않아도 괜찮다는 것이다. 대신 눈에 띄는 변화가 생기면 수술을 해야 한단다.

그런 변화라는 것이 좀 애매하기는 하지만 지금까지 보이지 않던 행동을 하게 되면 당장 달려오란다. 걸음을 잘 걷지 못한다거나, 경기의 양상이 급격하게 변한다거나, 똥오줌을 가리지 못한다거나, 몸의 중심을 잡지 못하는 경우가 그런 변화란다.

가만히 보니 모든 사항들이 지금도 진행되는 것이고, 더 심각해질 수 있다는 말이니 고개만 끄덕이고 만다. 신경외과 수술은 대기!

간질센터에서도 별다른 징후는 없고 잘 지내는 것으로 보인다고 한다. 역시 수술이 문제다. 경기를 잡아주는 수술이기는 하지만 신뢰하기 어려운 점들이 있어서 미루고 있는 상태다.

한빛이는 경기를 일으키는 뇌파의 시작점이 워낙 다양하고, 뇌의 기능이 사라진 곳에서 일어나는 경기파는 예상을 하기 어려우며, 경기를 하는 다른 아이들과 비교해서 복잡하게 형성되는 점도 있어서 수술 결과를 예측하기가 더 어렵다고 한다. 그러다 보니 수술을 할 것인지에 대한 판단을 내리기가 쉽지 않은 것은 부모나 의사나 마찬가지다. 그래서 이번에도 당장 수술할 정도로 시급하지는 않고 비용도 그간 많이 올라 부담이 될 수 있으니 좀 지켜보다가 결정을 하자

웃자! 웃고 살자!_지난 3년간 큰 변화가 없단다. 변화가 없다는 것이 도리어 문제인 것도 같지만, 긍정적으로 해석하기로 했다. 나빠지지 않았다는 것은 뒤집어보면 아직까지는 한빛이가 잘 버텨주고 있다는 이야기 아닌가. 그래, '장하다, 최한빛.' 앞으로도 이렇게 웃자! 웃고 살자!

고 한다.

　비용은 둘째 문제고 수술을 하고 나서 변화가 생길 가능성은 얼마나 되는지 의사에게 물었더니 장담하지 못한다. 수술을 하고서 나아지는 경우와 정체되는 경우, 더 나빠지는 경우가 있을 수 있다고 하는데, 그런 말은 누구나 할 수 있는 말이다. 결과를 예상하지 못하겠다면 수술은 다시 생각을 해봐야겠다고 하니 의사는 그저 웃고 만다.

　수술을 해도 경기는 여전하고 약도 줄지 않을 수 있다는데 그럼 아무 변화도 없는 것이나 다름없다. 그런 결과를 보기 위해 다시 수술을 한다는 것도 마음에 들지 않는다. 그래도 안 하는 것보다는 하는 것이 좋다고 하는데 할 말이 없다. 전문가의 판단을 존중할 것이고, 그 판단에 근거해서 결정하겠다고 하니 그러라고 한다. 그래서 간질센터 수술도 대기!

　다행인 것은 지난 3년간 큰 변화가 없다는 것이다. 그만큼 잘 버텨내고 있다는 말이니 조금은 안심이 된다. 툭하면 넘어가는 녀석을 보면서 어디에 문제가 생긴 것은 아닌지 늘 불안한 마음이었는데 그나마 그런 징후는 없다고 하니 말이다.

　두 가지 수술을 해야 할 판이다. 그때가 언제인지는 아무도 모른다. 한빛이만 알고 있는 셈이다.

　잘 지내야 할 텐데……

214

벽은
여전히 높고 단단하다

　학년이 올라가면서 아이에게 소홀해진 것 같다. 작년에는 이런저런 관심을 기울이면서 함께 만들어가는 시간이 많았는데 올해는 뭐가 그리 바쁜지 놓치는 것이 많다.

　2학년 교실은 1학년 때와 분위기가 전혀 다르다. 지난해처럼 일일이 챙기지 못한 것도 있었지만, 한 학기 동안 아이들이 한빛이를 대하는 태도를 보면 같은 반 친구라는 느낌이 들지 않는다. 마치 바다 위에 떠 있는 섬처럼. 학년이 바뀌면서 수업 분위기가 바뀐 탓도 있겠지만, 무엇보다 아이들이 장애를 가진 반 친구(한빛)를 어떻게 대해야 할지, 함께하는 방법은 뭔지를 모르는 것 같다.

　선생님의 역할이 중요하다고 생각하는 이유가 바로 이런 점 때문이다. 내가 선생님에게 바라는 것은 한빛이에게 공부를 가르쳐달라는 것이 아니라 아이들이 서로 함께할 수 있는 방법을 찾아보자는 것이었다. 물론 그것이 말처럼 쉽지 않으니 같은 교실 안에 있으면서도 전혀 다른 공간에 있는 것처럼 보이는 것이겠지만.

나를 비롯해 장애를 가진 아이를 둔 부모들이 통합 교육을 원하는 데는 이유가 있다. 아이가 앞으로 살아갈 세상도 장애인과 비장애인이 함께 어울려 사는 곳일 테니 함께 살아가는 방식을 서로가 미리 익혀보자는 것이다. 내가 생각하는 통합 교육은 장애를 가진 아이와 그렇지 않은 아이가 단지 한 공간에 머무는 데 그치는 것이 아니라, 어떻게 소통하고 무엇을 함께 배울 수 있는지를 고민하는 교육이다. 그래서 통합 교육이 가지는 궁극의 목적은 사회 통합에 있는 것이다. 사회가 통합되는 과정에 교육이 있고, 그것을 부모와 학교, 교사, 아이들이 함께 완성해가는 것이 제대로 된 통합 교육이다.

그런데 현실은 통합 교육의 원래 취지와는 상관없이 돌아간다.

장애 아동의 부모들은 통합 교육을 위해 아이를 일반 학교로 보내지만 특수 교육이라는 울타리 안에서 자신의 아이만 바라볼 뿐 전체를 보지 못하고 있다. 학교에서 장애 학생을 위한 조치들은 늘 뒤늦게 취해지며, 특수 학급은 늘 학교 행정 시스템의 바깥에 존재한다. 왜 그럴까? 이유는 간단하다.

우선 학교의 문제다. 일반 교육과 특수 교육은 분리 운영되는 것이 아니라 하나의 틀 안에 공존해야 하는데 일반 교육을 중심으로 학교 운영을 하면서 장애 학생을 뭔가 특별한 배려(?)의 대상처럼 취급하는 것이다. 마치 '받아준 것만으로도 고마운 줄 알아라.'는 식인데, 이런 태도가 더더욱 장애아를 둔 부모들을 움츠리게(통합 교육에 대한 기대와 욕구를 반감시키도록) 만들어 특수 교육에 기대게 하는 것이다.

　다음으로 학부모들의 문제다. 부모들이 '내 아이'만 생각하기 때문이다. 우리 아이가 다른 아이 때문에 피해 보는 일이 있어서는 절대 안 된다는 생각이 결국 학교 측의 운신의 폭을 더 좁게 만든다. 학교 교육이 변하려면 사고의 초점을 '우리' 아이들에게 두어야 하는데 모두 '내' 아이에게만 두고 있으니……

　한편, 교육 현장에서 '자율'을 강조하고는 있지만 대부분 구호로 그치는 실정이다. 교육에서의 자율이란, 학교마다 (가지고 있는) 저마다의 특성을 고려해서 교과 과정이나 학급 운영을 하라는 것인데, 통합 교육을 하는 거의 대부분의 학교가 특수 학급을 설치한 것으로 할 일을 다 한 듯 태도를 취한다. 무엇보다 특수 교육을 하는 데에서 특수 교사의 재량권이 없는 것이 큰 문제다. 특수 교사의 주도 하에 부모들과 협의하여 학급 운영, 교육 내용 및 방식 등 더 나은 교육 환경을 만들 수 있도록 해야 하는데, 학교가 나서서 내용을 규제하려 든다. 결국 자율은 교사의 자율이 아닌 학교의 자율이 되는 이런 구조에서는 장애 학생에게 아무것도 제공될 수 없다.

　성적이 가장 중요한 가치가 되고 학교의 수준을 말해주는 잣대가 되는 교육에서 장애를 가진 학생들은 적응하기가 어렵다. 다수를 위한 교육에서 소수(장애 학생)에게 필요한 것들(특수 교육 보조원, 개별화 교육, 치료와 교육)은 간단히 무시된다. 일반 교과 과정을 따라가기 힘든 장애 학생들은 다른 학생들의 수업 분위기를 해치는 존재로만 여겨질 뿐이니 아무런 대책 없이 방치되는 것이다.

학교는 아직 장애 학생을 마음으로 받아들일 준비도, 그들에게 맞는 교육을 제공할 준비도 안 돼 있다.

생기 넘치는 아이들이 물이라면 한빛이는 그 위에 뜬 기름처럼 서로 섞이지 못하고 있다. 물론 소통하는 데 문제가 있어서이지만, 더 근본적인 이유는 어른들이 아이들끼리 소통할 기회를 만들어주지 않는다는 데 있다. 교실에서 이런 소통의 조건을 만드는 것은 선생님이 해야 할 일임에도 전체 반 아이들을 중심으로 학급을 운영하다 보니 그 안에서 한빛이와 같은 장애를 가진 아이에 대해서는 소홀해질 수밖에 없다. 선생님은 말할 것이다. '아이들은 모두 자식 같고, 그래서 똑같이 대한다.'고. 하지만 아이들을 모두 자식 같이 생각한다면, 그 안에서 한참 뒤처지는 아이를 위해 먼저 대책을 마련해야 하지 않을까?

물론 최선을 다하고는 있겠지만, 무엇을 위해 어떤 방법으로 최선을 다하고 있는지 알 수가 없다. 그저 안전하게만 생활할 수 있도록 도와주는 것이 최선의 교육인지, 아니면 다른 무언가 필요한 것은 없는지 생각해보아야 하지 않을까?

가르치는 것에는 지식을 전달하는 것도 있고 올바른 인성을 갖도록 하는 것도 있는데, 특수 학교가 아니라 일반 학교에 아이를 보내는 부모들은 지식보다는 인성 교육에 대한 기대가 크다. 장애를 가졌다고 특수한 교육을 받아야 한다는 생각은 하지 않는다. 그보다는 장애를 가진 아이가 외톨이로 보내는 시간을 줄여갈 수 있는 교육을 바랄 뿐이다.

아이들은 서로 받아들이고 함께할 준비가 되어 있는데 문제는 어른들이다. 늘 성적을 중심에 놓고, 성적을 올릴 수 있는 환경을 만드는 데만 골몰한다. 그래서 아이는 함께하는 것처럼 보이지만 혼자다.

이놈의 교육을 뿌리째 확 바꾸고 싶다. 함께 어울릴 수 있는 분위기를 만드는 것이 그렇게 어려운 일은 아니지 않은가.

아이들,
반응을 보이다

2학년이 되고서는 한빛이가 같은 반 아이들과 어떻게 지내는지 잘 알지 못한다. 1학년 때는 한빛이를 데려다주면서 수업 시작 전에 아이들과 잠깐이나마 이야기를 나누었고 하교할 때도 친구들과 같이 나오니 그때도 아이들을 만나곤 했는데, 올해는 궁금하기는 해도 누가 누군지 알지 못하다 보니 모르고 넘어가곤 했다.

일이 이렇게 된 데에는 내 잘못도 크다. 올해는 교실(통합 학급)에 올라가는 일이 거의 없다시피 했기 때문이다. 아침에는 1층에 있는 도움반(특수 학급)에 한빛이를 데려다준 뒤 바로 나오고, 오후에는 다른 아이들이 하교를 하는 시간에 한빛이는 방과 후를 한다. 그러다 보니 같은 반 아이들과 마주칠 기회가 없었다.

한 학기를 거의 마치는 시점에 아이들의 행동이 눈에 들어온다. 무심코 지나쳤던 것들이 하나둘씩 보이니 좋다.

1.

 월요일은 특수 학급에서의 활동(방과 후)이 없는 날로, 내가 아이의 수업 모습을 지켜보고 같은 반 친구들과 함께 하교를 할 수 있는 유일한 날이다. 마지막 시간인 5교시는 컴퓨터 시간인데, 이 시간에는 한빛이도 누군가의 도움 없이 반 친구들과 통합 교사(담임선생)와 함께 보내고 있다. 다른 아이들이 컴퓨터를 활용해 무언가를 열심히 하고 있을 때 한빛이는 노래를 듣느라 여념이 없다. 그래도 그게 어딘가. 저 혼자 힘으로 한 시간을 보내는 것이…….

 교실 문 앞에서 서성이고 있는데 수업이 끝나자 아이들이 우르르 나온다. 교실에 들어가 한빛이 가방을 챙기고 인사를 하고 나오려는데 한 아이가 큰소리로 인사를 한다.
 "한빛이 형님, 안녕히 가세요."
 '형님'이라니, 웃음이 나온다. '예의 바른 녀석 같으니라고…….' 한빛이의 나이가 많다는 것을 알고 있는 녀석임에 분명하다. 그것도 한빛이에 대한 관심으로 여겨져 나는 기분이 좋았다. 그런데 좋았던 기분은 곧 엉망이 되고 말았다. 선생님이 같은 반 친구끼리 그렇게 부르면 안 된다고 따끔하게 수정을 하는 것이다. 아이의 인사와 함께 다른 아이들도 인사를 한다.
 "한빛, 안녕."
 한빛이도 아이들에게 손 뽀뽀를 하며 좋아한다.

2.

수업이 모두 끝나고 한빛이가 방과 후 활동까지 마치면 2시가 된다. 몇몇 아이들은 그 시간에 다시 학교에 오기도 한다. 원어민 영어교육인지 뭔지를 받는단다.

여자아이 둘이 학교로 들어서며 아는 척을 한다.

"한빛, 안녕."

인사를 내가 대신 받는다.

"안녕, 어디가?"

"영어요."

"오늘 한빛이 말썽 안 부렸어?"

"네."

바쁘게 가는 아이들을 보면서 한빛이의 특권(?)을 생각해본다.

"야, 한빛, 너는 영어도 안 하고, 공부를 아예 안 하니 좋지?"

이놈이 그 말을 듣고 까르르 웃는다.

한빛이의 학교생활 최고의 장점(?)이다. 아이들이 말해준 것이니 더 그러할 것이다. 교실에서 완전히 제 마음대로 움직이고, 누구의 눈치도 안 보고, 숙제니 알림장이니 준비물이니 뭐 하나 챙길 것 없어 보이니 아이들로서는 부럽기도 할 것이다.

아이들이 다가오는 것은 단순하게 인사를 했다는 차원을 넘어선

다. 한 학기를 거의 다 보내고 있는 즈음에 보니 그 모습들이 환하게
다가온다. 마치 지난 1학년 때 영상을 보는 것 같다. 아이들이 한빛
이의 존재에 대해서 소 닭 보듯 하더니 이제는 다가와 인사를 하며
아는 척을 한다. 큰 변화다.

　2학기가 기대된다.

병원에서 신세 한탄을?

병원에 갔다. 뭐 딱히 들을 말도 없지만 정기 검진이라 병원에 간 것이다.

의사를 만나자 인사치레로 하는 말이 오간다.

"어떻게 지내시나요? 물론 잘 지내시죠?"

"넵, 잘 지내고 있습니다. 지난번 퇴원을 하고서는 일주일 정도는 아무 일 없는 듯 지냈습니다."

"왜 그랬을까요? 저도 아프면 또 병원에 와야 하는 걸 아는 건가?"

"그런 거 같은데요."

그런데 의사 선생이 이것저것 뒤적이면서 눈을 맞추지 못하며 하는 말이 무섭다.

"이 아이를 어떻게 하면 좋을까요?"

빙긋이 웃으며 아무렇지 않게 그 말을 돌려보낸다.

"어떡하면 좋을까요?"

다시 되물으니 나는 또다시 헛헛한 웃음으로 답을 대신한다.

　신세 한탄 비슷한 이야기를 하며 어색한 분위기를 잠시 뒷전으로 밀어낸다. 답이 안 나오는 녀석을 치료하면서 안타까워하는 의사와 그런 아이를 매일 바라보면서 가슴만 태우는 부모가 하는 이야기가 거기서 거기다.
　"1~2년 정도 지나면 신약이 나온다는데 어떨지 모르겠네요."
　"그럼 그때까지 즐거운 상상이나 하며 기다리죠."
　"아버님, 참 긍정적이세요."
　"그거 말고 할 것이 없고, 해줄 것도 없으니 그거라도 해야죠."
　"아무튼 기다려봅시다."
　"그럼 신약 나올 때까지 현상 유지라도 시켜주십시오."
　"약은 늘리지 말고 한 달 더 지켜봅시다."
　"그래도 이전에는 몸무게 1킬로그램 늘리는데 1~2년 걸렸는데, 올해는 몸무게 변화가 큽니다."
　"그게 어떤 영향 때문인지 가늠이 안 되네요."
　"몸무게 늘어나는 것을 나쁘게도 해석할 수 있는 건가요?"
　"그렇게 좋게만 볼 수 없는 일이거든요."
　머리가 복잡해진다. 녀석의 살을 찌우기 위해 부단한 노력을 기울이고 있는데 그런 변화가 긍정적인 것만은 아니라니……. 깜깜하다.

　짧은 시간이 그렇게 지나갔다. 한 달을 기다려서 병원에 왔는데 똑같은 말을 들으니 의사 얼굴 보러 온 모양새가 돼버렸다. 일 년 전이나 지금이나 딱히 꼬집어서 말할 변화가 없다. 크게 나빠진 것도 아니고, 그렇다고 좀 나아진 것도 아니란다. 결국 크게 나빠지지 않았다는 말은 조금은 나빠졌다는 말이기도 하니 위안을 삼을 수도 없다. 그래도 매일 그렇게 넘어가고, 쓰러지며 지내는 녀석에게 내려진 평가로는 상당히 호의적이라 할 수 있겠다. 매일 하는 양을 보면 태산 같은 걱정에 짓눌려 지내야 할 것 같았는데, 검사 결과가 예상한 것보다 좋은 표현들이 많으니 마치 커다란 짐을 내려놓은 것만 같다.

녀석은 여전히 하루를 힘들게 보낸다. 초점을 잃은 눈은 어디를 바라보고 있는지 알 수가 없다. 그런 정신으로도 제 놈 마음에 드는 사람을 만나면 반가워하는 것을 보면 정말 신기한 녀석이다.

답은
의외로 간단하다

한빛이에게 새로운 버릇이 생겼다.

아무에게나 '엄마'라고 부르는 것은 기본이고, 이제는 누구든 '야!' '너!' 하면서 장난질이다. 물론 당하는 상대방(어른)은 그것이 장난인지 모른다. 기분을 상해 하기도 있고 그저 그렇게 받아들이기도 하지만, 대부분 언짢아한다.

학교 선생님들은 특히 난감해 하신다. 한빛이가 그렇게 부르는 것을 그대로 두면 다른 아이들이 따라 하기 때문이란다. 선생님의 심정은 십분 이해한다. 하지만 조금만 다른 관점으로 바라본다면 아이들과 어울릴 수 있는 방법을 찾을 수 있을 텐데, 그런 시도가 없으니 아쉽다. 반 아이들은 한빛이에 대해서 잘 알지는 못해도 단편적으로나마 이해하고 있으며, 한빛이의 행동을 전혀 이상하게 여기지 않는 것 같다. 그런데 어른들은 아이들을 있는 그대로 이해하지 못하고 늘 자신의 관념에 가둬놓고 그 안에서 판단하려 한다.

또 하나 문제가 되는 것은 과도한(?) 스킨십이다. 덥석 끌어안고 뽀뽀를 해대고, 목을 감고 놔주지 않으니 이것 역시 난감한 모양이다. 한번은 복지관에서 한빛이가 봉사자의 가슴을 덥석 잡는 통에 그분이 깜짝 놀라 뒷걸음을 치는데 나까지 난처했을 정도였다.

이런 일이 자주 벌어지자 학교에서는 아이의 행동을 고쳐보려고 하는 모양이다. 하지만 복지관에서는 장난인 줄 알고 있어서 별스럽지 않게 여긴다. 어느 쪽이 올바른 것일까? 집에서는 녀석의 장난을 다 받아준다. 장난을 시작한 것이 나였으니 딱히 혼을 내거나 행동을 고치려 할 이유가 없었다.

아이들은 그런 한빛이의 장난에 반응하면서 한 걸음씩 다가가기도 하는데, 어른들은 그 행동을 단순히 문제 행동으로, 장애로 받아들이기에 아이들과는 대하는 방식이 다르게 나타나는 것 같다.

요즘 나의 최대 관심사이자 목표는 여전히 자기만의 세계에서 살아가는 녀석에게 사람들과 함께 어울려 살아가는 법을 알려주는 것이다. 나만의 생각인지 모르지만, 어울림은 어른들이 조금만 관점을 달리하면 바로 실현할 수 있다. 하지만 모두가 내 마음과 같지 않으니 어찌하지 못한다. 애는 쓰지만, 역시나 세상은 그리 녹록하지 않다.

사람들은 누구나 자신의 일상에서 지켜야 할 것들이 있다. 그 안에서 장애는 미미한 부분이기에 사람들을 탓할 수도, 강제할 수도, 부탁할 수도 없다. 단지 기다릴 뿐이다. 사람은 누구나 변한다는 것을 믿고 기다리고 있다. 그 기다림 속에서 아이가 얼마나 버틸지가

관건이다. 변화가 없는 한빛이의 일상에서 변화의 계기를 만들어줄
수는 없는지 생각해본다.

답은 의외로 간단하다. 알렉산더 황제가 고르디우스의 매듭을 끊
어버린 것처럼.

미리 재단하지도 계산하지도 않으며 마음으로 다가선다면, 당장
이라도 어울림은 만들어질 수 있다. '가슴과 가슴으로, 마음과 마음
으로, 웃음과 웃음으로.'

그런 세상을 위해 오늘도 기다린다.

열심히 노력하면서 기다린다.

내복은
한빛이를 지켜주는 갑옷

시월도 이제 막바지다. 올해는 더위가 늦게까지 이어져 아직도 낮에는 덥다고 느낄 정도이고, 그래서 밤과 낮의 기온차가 크다. 이런 날씨에 특히 감기가 걸리기 쉬우니 한빛이에게 내복을 일찍 입혔다. 녀석이 감기라도 걸리면 아주 난리가 나는 통에 언제나 내복을 일찍 입히고 늦게 벗긴다.

한 날은 알림장을 보니 "계절에 맞게 옷을 입고 다닙시다."라고 적혀 있다. 알림장을 보고 대수롭지 않게 넘기는 일이 많았는데, 이번에는 그냥 넘어가지 않고 짚고 넘어가야겠다고 생각했다. 한빛이가 왜 그렇게 하는지 한 번 물어보기라도 하면 좋으련만, 마치 부모가 아이에게 잘못하고 있다고 야단을 치는 것 같은 기분이 들었기 때문이다.

다음날 학교에 가서 특수 교육 보조원에게 알림장 이야기를 했다.

"한빛이는 계절에 맞게 옷을 입은 겁니다."

밑도 끝도 없이 바로 본론부터 이야기한 것이다.

"네?"

뜬금없이 무슨 소리냐는 표정이다.

보조원 선생에게 하소연하듯이 다시 말을 한다.

"한빛이는 감기에 걸리면 몸 안의 세균 수치가 높아져서 내복을 일찍 입고 늦게 벗습니다. 지금 입고 있는 것이 계절에 맞게 입은 것이라고 전해주세요."

특수 교사도 "오늘처럼 추운 날에는 내복을 입어야 한다."며 옆에서 거든다.

내복 입는 것까지 이렇게 일일이 설명해야 하나 싶어서 좀 더 따지려다 그 정도에서 멈추었다.

내복을 입고 '찰칵'_한빛이 내복은 다용도다. 내복은 실내복이자 잠옷이며 무엇보다 체온 변화를 막아주는 든든한 갑옷이다. 내복을 입고 좋아하는 양푼 비빔밥을 먹고 있는 한빛.

아이에게 조금만 관심을 기울여준다면 이런 해프닝은 일어나지 않을 것이라 생각하니 괜히 더 아쉽다. 분명히 아이의 상태에 대해, 그리고 그로 인해 일어날 수 있는 여러 가지 일에 대해 미리 말해주면서 아이를 좀 더 관심 있게 지켜봐달라고 부탁도 했었는데, 작은 일이지만 이런 일이 생기니 서운하고 아쉽다. 선생님이 너무 무관심한 것이 아닌가 하는 생각까지 들고, 점점 더 밴댕이처럼 변하는 것 같다. 이건 아닌데…….

조금만 더 애정을 가지고 아이를 지켜봐주길, 그 마음을 표현해주길 바란다.

아침부터 내가 너무 예민한가?

2009년

한빛이 때문에 웃어요

지금처럼 지내면
더없이 좋겠는데

새해 들어 아이의 경기가 잦아들었다. 아주 없는 것은 아니지만 이전에 비하면 없다고 해도 될 정도로 미미하다. 그러면서 많은 변화가 일어났다.

무엇보다 활기가 넘친다.

경기 약을 늘리면서 한빛이가 이전과는 전혀 다른 모습으로 지낸다. 눈망울이 초롱초롱하니 보기 좋다. 얼굴 표정도 살아 있고. 그래서인지 보는 사람들마다 좋아졌다고 한마디씩 거든다. 툭 하면 넘어가고 쓰러지고 하는 모습을 안 보니 답답해 하거나 한숨 쉬는 일이 없어져 우리 생활도 덩달아 밝아졌다.

약을 늘리면서 생기는 변화라서 마냥 좋아할 수만은 없는 일이지만, 그래도 하루에 7~8번씩 쓰러지던 녀석이 자잘한 경기를 제외하고는 생활을 제대로 하고 있어서 속으로 다행이라 여기고 있다. 하지만 '입방정 떤다.'는 말처럼, 경기를 안 해서 좋다고 말을 꺼내면 다시 경기를 시작하니(전에도 말 꺼내기 무섭게 경기를 했었다.) 좋은 일이 있어도 좋다는 표현을 하지 않게 된다. 미신으로 치부할 수도 있지만, 신경이 쓰이는 게 사실인지라 입 밖으로 내뱉는 것을 자제하고 있다.

하지만 좋아지는 게 있는 만큼 좋지 않은 게 있는 것도 사실이다.

우선, 폭력이 늘었다. 툭하면 주먹질에 이제는 발길질도 예사다. 중심도 잡지 못하면서 주차장에 늘어선 차들을 걷어차고, 다소 신경질적인 모습까지 보이면서 장난을 친다. 이런 행동을 사람에게도 어김없이 한다. 복지관에서는 아이의 변화를 긍정적으로 보기도 하지만, 행패가 늘어 주의 깊게 관찰하고 있단다. 함께 생활하는 아이들과의 싸움으로 늘 울고불고 야단이고, 힘으로 안 되면 물건을 집어 던지기도 한단다. 녀석의 행동을 돌발 행동으로 볼 수도 있겠지만, 우리가 보기에는 기운은 넘치는데 몸과 마음은 자기 뜻대로 움직이지 않으니 다른 방식으로 풀어내는 것 같다.

또 하나, 떼가 늘었다. 차에서 내리면서 하는 행동은 한마디로 웃기지도 않는다. 바닥에 풀썩 주저앉거나 길에 드러누워 악악대면서 소리를 지르는데 요샛말로 대략 난감이다. 기분이 나쁘거나, 혹은 다른 일이 있어서 그러는 것이 아니다. 뭔가 제 마음에 들지 않는 점이 있을 수 있었다고 해도 이건 너무하는 거다. 그런데 이게 다가 아니다. 보름 남짓 힘든 시간을 보낸 터라 먹는 것을 일일이 챙겨주었더니 그게 마음에 들었던 모양이다. 요즘은 밥상에 앉아 밥을 먹으려 들지 않는다. 손은 가만히 두고서 입만 벌렸다 오므렸다 하는 것이다. 아라비아 왕자처럼, 제비새끼처럼 입만 벌리고 있으면 먹을 것이 들어가고 스스로 하는 일이라고는 씹는 척하다 삼키는 거다. 이건 아주 환장할 일이다. 싸움도 많이 하고 신경질도 부리고 협박도 해봤지만 쉽게 고쳐지지 않는다. 게다가 고집도 있어서 밥을 아예 안 먹기까지 하니 미치고 팔짝 뛸 일이다. 약 때문에 끼니는 챙겨야 한다는 것을 알고 있는 것처럼 가만 앉아서 어깃장을 놓는다. 별수 없이 퍼 먹이고 나서 약을 먹이곤 하니 재미가 단단히 들린 모양이다.

장난도 부쩍 늘었다. 툭하면 '엄마'를 찾는다. 저 혼자서 무언가를 하고 있다가도 생각이 난 듯 '엄마' 하고 부르는데, 별 반응이 없으면 '아부지' 혹은 '아빠' 하면서 우리가 대답할 때까지 불러대다가 반응을 보이면 뒤로 넘어갈 듯 웃곤 한다. 딱히 뭔가 필요해서 부르는 것이 아니라 혼자가 아니라는 것을 확인하고 싶은 모양이다. 처음에는 장난을 받아주다가 그런 행동이 잦으니 이제는 대꾸도 않고 그대로 둔다. 요즘은 또 집에서 술래잡기를 하는 데 재미를 붙였다. 처음 문 뒤에 숨어 있으면 후닥닥 달려와서는 '까꿍' 하고 찾아내지만, 나중에 문이 아니라 의자 뒤에 숨으면 문을 확인하고 없으면 '까르르' 웃으면서 다른 곳을 찾아다니는데 웃음을 참기가 힘들 정도다. 단순하기 이를 데 없는 녀석이 오직 한 우물(?)만 팔 모양이다.

그리고 무슨 말인지 알 수 없지만 종일 재재대면서 지낸다. 혼잣말을 하기도 하지만 거의 대부분은 무언가를 요구하면서 상대해주기를 원한다. 기운 없이 지낼 때는 고개 숙이고 걸어가는 것조차도 귀찮다는 듯이 굴더니, 지금은 아주 생기가 넘쳐 요구 사항도 많아졌다.

아무튼 이놈이 요즘 살맛이 나는지 천방지축으로 날뛰면서, 녀석과 나는 싸움도 자주 하지만 웃음 또한 많아졌다. 힘들게 지냈던 지난 일 년을 돌아보면 지금은 천국이 따로 없을 정도다. 아이가 웃으니 하루하루가 즐겁다. 간혹 벌어지는 일들은 양념이라 생각하기로 했다.

먹는 것도 처음에는 한 번에 고치려 하다가 이제는 조금씩 맞춰가기로 마음을 먹으니 화를 낼 일도 없다. 떼쓰는 것도 완력으로 다스리려 하다가 같이 장난을 치거나 둘이 앉아서 조근조근 이야기를 하면서 타이르니 나아지고 있다.

새해를 맞아 지난 한 해를 보상하는 것처럼 보이기도 하지만 이 평화가 얼마나 갈지는 알 수 없다. 늘어난 약에 내성이 생기면 몸이 이전 상태로 돌아가는 것은 금방이다. 좋은 변화는 더디게 오지만 나쁜 변화는 손바닥 뒤집는 것처럼 쉽고 빠르게 일어난다. 작년에는 편하게 보낸 날을 손가락에 꼽을 정도여서 더더욱 지금 이 순간을 소중하게 여기는지 모른다.

좀 길게, 그리고 더 밝게 지냈으면 하는 바람이야 있지만 욕심이겠지······.

욕심이면 어떤가? 그냥 지금처럼만 지냈으면 정말 좋겠다.

몸살을 앓는 컴퓨터

생기가 넘치는 한빛이는 이제 저 하고 싶은 것은 다 하려고 작정이라도 한 것처럼 온갖 일을 참견하고 다닌다. 말 그대로 살판났다. 최근 들어 경기가 줄어들면서 녀석이 활기 넘쳐 좋기는 한데, 그로 인해 생기는 부작용도 만만치 않다.

컴퓨터가 몸살을 앓는 것도 한 예다. 전보다는 덜하지만, 여전히 컴퓨터는 한빛이의 유일한 탈출구다. 무료한 일상을 달래주는 친구이자 소통 도구이니, 종일 컴퓨터 앞에 들러붙어 떨어지려 않는다.

그런데 녀석이 컴퓨터를 오래 하면 할수록 컴퓨터는 점점 제 기능을 못하게 된다. 모니터를 붙잡고 씨름을 하기도 하고 요란한 클릭질에 마우스는 바꾼 지 얼마 되지도 않았는데 수명을 다한 것 같다.

컴퓨터에서 흘러나오는 노래와 동화를 통해서 단어를 배우더니, 이제는 요란을 떨며 게임까지 하는 것을 보면 분명 장점은 있다. 하지만 지금처럼 컴퓨터를 사용한다면 일 년에 컴퓨터 한두 대로는 안

한빛이의 '절친' 컴퓨터_한빛이의 친구, 장난감, 스트레스 해소기의 역할을 하는 컴퓨터.

될 것 같아 내심 걱정이 되는 것도 사실이다.

집에서 보내는 시간이 많은 녀석에게는 컴퓨터가 유일한 친구이니 뭐라 할 수도 없는 노릇이다. 게다가 녀석이 컴퓨터를 하는 시간은 우리에게 휴식 시간이 되는 셈이라 무턱대고 막기도 어렵다. 다만 즐기면서 조절도 해주면 좋으련만 그건 현실적으로 불가능하니 그대로 두면서 잘 지내기를 바랄 뿐이다.

몸살을 앓고 있는 컴퓨터가 한빛이를 이기는 날이 올까?

두근두근 3학년

시간 정말 잘 간다. 한빛이가 벌써 3학년이라니, 아무것도 한 것 없이 학년만 올라가고 있다.

오늘은 방학 동안 잘 놀고 드디어 3학년 교실에 입성(?)하는 날이다. 어떤 선생님이 한빛이와 지내게 될지 궁금한 마음에 교실에 갔지만 아직 선생님 모습은 보이지 않는다. 한빛이와 문 앞에서 어슬렁거리고 있는데 엄마들 틈으로 선생님이 들어서면서 인사를 건넨다. 그러던 중에 한빛이가 선생님과 부딪쳐 그만 선생님 손에 들린 커피가 쏟아진다.

"아고고, 한빛 미안."

선생님이 얼른 한빛이를 먼저 살펴주신다. 마음 씀씀이가 예쁜 분 같다. 선생님에 대한 내 첫인상이다. 설령 가식이라 할지라도 아이를 먼저 챙겨준 것에 기분이 좋아진다. 아이를 교실로 쑥 밀어 넣는다. 그리고 선생님께 나중에 한빛이 관련한 이야기를 길게 했으면 좋겠다고 하니 그러자고 한다.

선생님과 이야기하는 틈에 아이들이 우르르 다가와서는 여기저기서 한빛이를 불러댄다.

"한빛, 안녕."

"어, 너도 같은 반이야?"

"네."

1학년 때 한 반이었던 아이들이 한빛이에게 먼저 인사를 건네며 반가워한다.

"선생님, 든든한 후원자들이 생겨 힘들지 않겠는데요."

"아는 아이들이 많네요. 힘을 얻겠는데요."

교실을 나오면서 아이들에게 부탁을 한다.

"니들, 한빛이 잘 돌봐주고 말썽 안 부리게 챙겨주라."

"네."

"아버님이 힘드시겠어요."

이런 인사는 정말 싫은데…….

"저는 괜찮은데 한빛이가 교실에서 잘 앉아 있지 않고 돌아다녀 선생님께서 고생이죠."

형식적인 인사에 그냥 같은 방식으로 인사를 하면 그만인데 마치 정색을 하고 달려드는 것처럼 이야기를 건네자 조금은 당혹스러워한다.

"그럼 어쩌죠. 안되는데…….."

"다른 날 편하게 한빛이에 대해서 이야기를 하면 좋겠습니다."

같은 반 아이들을 본 뒤 한빛이가 지내기 좋은 조건이 만들어졌다는 데서 안도감과 함께 선생님도 한 짐 덜겠다는 생각이 먼저 든다. 선생님께 우선은 편지를 써서 보낼 테니 사전 자료라 여기시라 하니 만나서 이야기하면 될 것을 두 번이나 불편하게 그러냐며 괜찮다고 한다. 그래도 미리 봐두시면 좋겠다고 말하고는 교실을 나왔다. 선생님은 한빛이 가방을 챙기며 자리를 봐주시고 있다.

　어디 앉겠냐고 물었더니 이놈이 빈자리도 많은데 여자아이 옆에 턱하니 앉아 가방을 풀어 놓는다.

　'짜아식이 꼭 이런다니까.'

대화하기

요즘은 우리 가족 모두 즐겁게 생활하고 있다.

이게 다 한빛이가 예전처럼 경기를 심하게 자주 하지 않기 때문이다. 녀석의 표정이 밝고 생활에 활력이 넘쳐 아이도 바라보는 우리도 모두 즐겁다. 눈에 초점이 또렷해져 보는 사람에게 안정감을 주고, 정신이 맑다 보니 저도 이것저것 관심을 기울이면서 오만 가지 참견을 한다. 학교생활도 마음에 드는 모양이고, 복지관에서도 생기 넘치는 모습으로 여러 활동에 참여하고 있다.

빛이 강하면 그림자가 짙어지는 법. 경기가 줄어들고 한빛이와 우리 모두의 생활이 즐거워진 만큼 다른, 더 큰 걱정거리가 생겨났다.

예전에는 경기를 하더라도 30초 안에 경기가 끝나면서 이내 정신이 돌아왔다. 생기는 좀 없지만 다시 일상생활을 이어갔는데, 이제는 경기를 하면 길게 한다. 한 번은 거의 10여 분 동안 경기가 멈추지 않고 지속된 일도 있었다. 그렇게 길게 경기를 하고 나면 아이는 바로 녹초가 된다. 매번 그런 것은 아니지만 경기 시간이 이렇게 길어지고, 남들이 눈치 채지 못하는 경기가 늘어간다는 점은 우리를 불안하게 한다. 그래도 정신이 맑은 때가 많다 보니 좋은 일이 더 많이 생기고 웃을 일도 더 많다. 요즘처럼 밝은 모습이 얼마 만인지 가물거릴 정도였으니…….

얼마 전에는 아이를 찾으러 복지관에 갔다가 선생님께 아이의 하루 일과를 들었다. 선생님이 오늘은 한빛이가 프로그램에도 적극적으로 참여했고 기분도 좋았다고 칭찬을 해주시니 저도 맞장구를 치면서 좋다고 한다. 매일 버겁고 힘든 시간을 보내는 녀석인지라 적극적으로 활동에 참여하는 날이 가뭄에 콩 나듯 했는데 선생님이 보시기에도 흐뭇했던 모양이다.

그날, 집에 와서 녀석에게 말을 걸었다.

"한빛, 우리 학교 끊고 복지관만 다닐까?"

"안 돼요."

"그럼 복지관 끊고 학교만 다닐까?"

"안 돼요."

"그럼 그냥 집에서 놀까?"

"네에."

마치 다 알아들은 것처럼 대답을 한다. 듣고 있던 마님이 큰소리로 웃자 저도 따라 웃는다. 질문에 대한 대답이 아귀가 딱딱 맞아 떨어지니 마치 아무 문제가 없는 아이와 이야기를 나누고 있는 것 같은 착각을 불러일으킨다.

학교나 복지관이 무엇을 하는 곳인지 모르는 것 같고 그저 가면 좋아하는 무언가가 있다는 것 정도만 알고 있는 것이 아닐까 생각했는데, 둘 중 하나라도 안 가면 안 된다고 하면서도 둘 다 그만두고 집에서 놀기만 하자니 그건 마음에 들은 모양이다.

내 생각이 제대로 전달됐는지 모르겠다. 아무 의미도 없는 짧은 대화였지만, 한빛이가 이렇게 질문에 자기 생각을 정확하게 밝히는 것처럼 보여서 놀랍기도 하고 재미있기도 하다.

한동안 체력도 약해지고 경기의 양상이 안 좋아 무거웠던 마음이 짧은 대화 덕분에 한결 가벼워졌다.

다음에는 더 어려운 것을 물어봐야겠다.

한빛이 친구 혜신이

3학년이 되고서 1학년 때 한 반이던 아이들이 있어서 학교생활이 힘들지 않을 것이라 짐작했었다. 한빛이가 무리 없이 생활하는 것을 보면, 아이들이 내 생각대로 잘 대해주고 있는 모양이다. 가끔 이유도 없는 녀석이 떼를 쓰는 통에 소란이 일기도 하지만, 컴퓨터 시간이나 체육 시간에는 열심히 수업에 참여하면서 나름대로 바뀐 환경에 적응하고 있는 것 같다.

3학년부터는 전체 수업 시간뿐 아니라 체육 수업 시간도 늘었다. 특수 체육 시간(장애 학생의 재활과 사회 통합을 돕는 수업. 놀이, 운동 등의 신체 활동을 통해 기초 체력 증진, 근력 강화, 사회성 발달을 꾀한다.)도 4시간이나 돼 한빛이에게는 체력적으로 조금 부치는 듯했다. 그래서 그런지 3월 들어 경기가 상당히 심각해져 걱정이 많았다.

이유를 딱히 뭐라 꼬집어 말하지 못하는 상태에서 걱정만 하고 있었는데, 녀석이 적응이라도 하는 것처럼 시간이 지나면서 경기의 강도나 횟수가 조금씩이나마 다시 안정을 찾아가고 있다.

토요일, 학교가 끝나는 시간에 맞춰 교실을 올라가려는데 때마침 내려오고 있던 특수 교사를 만났다. 한빛이가 이유도 없이 교실(통합 학급)에 안 들어가겠다고 떼를 쓰는 통에 올라갔다 왔단다. 살며시 올라가서 교실 안을 들여다보니, 종례가 아직 끝나지 않았다. 다시 내려와 기다리고 있는데 선생님을 따라 아이들이 내려온다. 꾸벅 인사를 하자 한빛이는 뒤에 온다며 다른 아이들과 먼저 간다.

특수 교육 보조원과 함께 공을 들고 내려오던 한빛이가 나를 보자 공을 던지며 장난을 시작한다. 손을 잡고 가자고 하니 아이들이 곁에서 떨어지지 않고 함께 내려온다. 가만 보니 아이들이 서로 손을 잡아주면서 이야기도 하고 공도 주워주면서 마치 안전 요원처럼 행동을 한다. 보조원에게서 한빛이를 넘겨받고 나서는데 아이들이 제 갈 길을 안 가고 한빛이 곁에 서서 걸음을 맞춰준다.

핸드폰의 사진들을 보면서 가는데 혜신이라는 아이가 한빛이 손을 잡으며 누나처럼 대한다.

"한빛, 손잡아야지."

사진을 보고는 "누구야?" 하면서 "한빛! 한빛이야!" 한다. 아이가 혼자서 묻고 답하면서 환하게 웃자, 한빛이도 덩달아 환하게 웃는다. 이야기를 하면서 한빛이 얼굴을 보는 품새가 특별한 게 아니라 늘 하는 모양새임이 분명한데, 마치 따로 교육을 받은 것처럼 행동을 하는 것이 대견하기만 하다. 집으로 가는 동안의 짧은 거리를 그

혜신이의 브이(!)와 한빛이의 브이(?)_ 사진 찍을 때 브이를 그리는 것이 아이들에겐 대세다. 덧니가 귀여운 혜신이도 브이 자 그리기에 동참했다. 그런데 한빛이 녀석이 만든 것은 브이가 아니라 더블유 같다. '짝퉁' 브이!

렇게 아이는 한빛이 손을 잡고 걸음을 맞춰주고 말을 할 때마다 얼굴을 보면서 사진 설명을 해준다.

"한빛이는 반에서 친구 많아?"

"몇 명 있어요. ○○하고, △△하고, □□, 그리고 저요."

"교실에서 말썽부리고 그러지?"

"아니요. 근데 오늘은 복도에서 신경질 내고 그랬는데, 밖에서 기분 나쁜 일이 있었나 봐요."

"그래? 무슨 일이 있었을까?"

"그건 잘 몰라요."

학원 이야기, 학교 이야기, 친구들 이야기를 하면서 오는 동안 아이들이 몰려들고 궁금한 것이 많은지 이것저것 묻기도 한다. 그렇게 이야기를 하는 동안에도 한빛이와 얼굴을 마주할 때는 꼭 웃음을 띠며 환한 표정을 짓는 모습을 보면서 나까지 기분이 절로 좋아진다. 다음 토요일에는 집에 데리고 와서 '점심이라도 같이 먹어야지.' 하는 생각을 하면서 헤어졌다.

1학년 때 같은 반에 있던 친구에게서 한빛이 대하는 것을 보면서 배웠다고 하니, 어릴 적 경험이 중요하다는 것을 새삼 느낀다.

봄소풍

3학년 들어와서 첫 소풍이다.

소풍날도 한빛이는 어김없이 경기를 하면서 아침을 맞이한다. 도시락으로 햄 말이 주먹밥과 월남 쌈을 싸서 가방에 넣었다. 여벌로 가지고 갈 옷까지 챙기니 가방이 제법 묵직하다. 기운도 없어 보이고 비실거리는 것을 보니 소풍을 보내지 말고 집에 있으라고 할까 하는 생각이 불쑥불쑥 차고 올라온다. 하지만 그것도 영 내키지 않는 일이라 눈 질끈 감고 집을 나선다.

열심히 학교로 걸어가고 있는데 선생님에게서 전화가 온다. 차 떠날 채비를 마쳤으니 얼른 오라는 내용이다. 마음이야 그렇게 하고 싶지만 한빛이 걸음은 내 마음처럼 움직이지 않는다. 하는 수 없이 녀석을 살살 달래가면서 장난으로 기분도 좀 맞춰주니 종종걸음 치며 잘 간다.

교실에 도착을 하니 특수 교사가 한빛이를 맞이한다. 그런데 이놈

소풍 때 엄마랑_1학년 소풍 때 찍은 사진이다. 3학년 때는 뭐가 그리 바빴는지 소풍도 함께하지 못했다.

이 눈은 풀려 있지, 침은 줄줄 흘리고 있지, 고개도 삐딱하니 제대로 들지 못하는 것을 보더니 선생님이 한마디 거든다.

"아침에 컨디션이 영 아니올시다네."

"조금 지나면 나아질 겁니다."

"4시까지 제가 데리고 있을 수 있는데, 어쩔까요?"

"날도 좋고 친구들과 놀다 오면 좋을 것 같은데요. 잘 견딜지는 모르겠네요."

"오랜만에 코에 바람 좀 넣고 오는 것도 나쁘지 않죠."

쉬는 게 좋겠다고 생각하는 선생님과 그냥 다녀왔으면 좋겠다는 아비의 마음이 짧은 순간 엇갈린다.

아이들이 차에 오르는 것을 보면서 담임선생님께 잘 다녀오라 인사를 했다.

"도시락이 한빛이 혼자 먹을 양이 아니니 아이들과 함께 먹도록 해주세요."

잘 알겠다는 선생님의 말을 듣고 뒤도 안 돌아보고 운동장을 지나 교문을 나섰다. 나오면서 보니, 다른 학부모들은 한참을 차 앞에 서서 긴 이별식을 하고 있다. 멀쩡한 아이들도 저러는데 비틀거리는 녀석을 맡겨놓고는 쌩 하고 가버리니 선생님들 입장에서는 마뜩잖을 것이다. 그래도 할 일이 있으니 어쩔 수 없는 노릇이다.

소풍은 잘 다녀온 모양이다. 무리지어 쫓아다니면서 즐거운 시간을 보냈다고 한다.
소풍을 보내길 잘한 것 같다.

아이들을
집에 초대하다

언제 한 번 아이들과 점심을 먹어야지 하고 있었는데 그냥 날을 잡았다. 소풍도 다녀왔으니 학교 일정도 없고 토요일이라 일찍 끝나는 시간이니 딱 좋다. 미리 특수 교육 보조원에게 연락을 해두었으니 아이들을 찾아다닐 일은 없겠다 싶어 느긋하게 기다리고 있는데 수업을 마친 아이들이 우르르 몰려나온다.

일단의 아이들이 지나가고, 잠시 뒤 평소 한빛이와 친하게 지내던 아이들이 내려온다. 한빛이를 둘러싸고 양쪽에서 한 명씩 손을 잡아주면서 계단을 내려오는데 학년은 같아도 덩치가 차이가 좀 나니 아이들이 휘청대며 한빛이에게 끌려 내려오고 있다.

"안녕하세요?"

나를 보자 반갑게 인사를 한다.

웃음으로 인사를 대신하고 아이들과 함께 간다.

"애들아, 오늘 한빛이랑 우리집에서 같이 점심 먹자."

254

친구들과의 즐거운 한때_ 한빛에게 친구는 학교를 가는 이유다. 다른 아이들이 뭔가 새로운 것을 배우기 위해(비록 그것이 전부는 아닐지라도) 학교에 간다면, 한빛이는 친구를 사귀고 사람들과의 어울림을 배우기 위해 학교를 간다. 사진 속의 아이들은 3학년 동안 한빛이에게 소중한 친구가 되어주었다.

아이들은 집에 미리 알리지 않은 것이 걱정되는 모양이다.

"그럼 우리 집에 가서 엄마에게 전화를 하고 점심 먹고 간다고 허락을 받으면 안 될까?"

모두들 그러마고 한다. 집으로 향하는데 아이들이 한빛이 손을 잡고 잘 보조해준다. 나무 이름도 알려주고, 꽃 이름도 알려주고, 길을 건널 때는 양손을 잡아주면서 걸음을 맞춰준다. 한빛이는 기분이 좋은지 마구 뛰어다니고 아이들은 휘청거리면서도 손을 놓지 않고 잘 잡아준다. 집에 오는 길에 몇 번 넘어지기도 했는데 아이들이 한빛이를 대하는 모습을 옆에서 지켜보니 든든하다. 넘어진 녀석을 양쪽에서 팔을 잡아주면서 일어나라고 연신 말을 걸어준다.

집에 오니 주문해놓은 피자가 도착해 있다. 다함께 둘러앉아 먹으며 학교생활을 물어보았다.

"한빛이는 수업 시간에 떠들고 그러지?"

"아니요. 잘 있어요. 그런데 저번에 한번은 소리를 질러서 선생님이 깜짝 놀라고요, 우리도 놀랐어요."

"돌아다니지는 않고? 1학년 때는 막 돌아다니고 그랬는데."

"1학년 때는 그랬는데 지금은 잘 앉아 있어요."

"너희는 무슨 과목이 제일 좋아?"

"체육하고, 음악요."

이 대답은 역사와 전통을 자랑한다. 우리 때도 그 대답을 달고 지냈던 기억이 떠올라 웃음이 절로 난다.

한빛이와 함께 컴퓨터에 붙어 앉아서 이것저것 해보면서 이렇게 해라, 저렇게 해라 가르쳐주기도 한다.

"한빛이는 컴퓨터 시간에 게임만 하지."

"아니요, 노래 들어요. 노래 듣는 거 엄청 좋아해요."

한 시간을 넘게 있으면서 아이들은 마치 교대 근무를 하는 것처럼 한빛이를 돌본다. 저희들보다 머리 하나는 더 큰 녀석을 아이 돌보는 것처럼 조심스럽게 대하는 것이 마음에 쏙 든다.

'기특한 녀석들 같으니라고.'

이 녀석들과 함께하는 일 년은 큰 걱정이 없겠다는 생각이 들어 기분이 좋다. 그런 것을 이놈도 알아야 할 텐데 말이다. 혹시 알고는 있을까?

피터 팬 아빠,
오스카 아들

    우리 집에는 개념 없는 남자가 둘이다. 둘이 장난질에 여념이 없는 모습을 보면 누가 아이고, 누가 어른인지 가늠이 안 된다. 장애가 있는 아이가 소리를 지르면서 까르르 넘어가면, 멀쩡한 어른도 곁에서 바람을 잡으며 소리를 높이고 있으니 도무지 조용할 날이 없다.

    경기를 하는 아이가 쓰러질 때나 절간 같은 침묵이 흐를 뿐, 나머지 시간에는 온 집안을 어질러놓고, 소리 지르고, 컴퓨터를 못살게 굴면서 지낸다. 한번 그렇게 시끄럽게 놀기 시작하면 옆집에 들릴까 잠깐 조심을 하기도 하지만 그래도 도무지 멈출 생각을 않는다. 뭐가 그리 즐거운지는 모른다. 그저 둘이 죽이 맞아 일을 벌이면 시끌벅적하고 야단스럽기가 이를 데 없다.

    그렇게 잘 지내다가도 수틀리면 어린놈은 뒤로 벌렁 누워 소리소리 지르며 난리를 치고, 어른이라는 사람은 그것이 못마땅한지라 으르렁대며 딱딱거리니, 아이와 어른을 구분하기가 정말로 어렵다. 아이가 떼를 쓰기 시작하면 어른이 불을 지르는 형국이다. 용호상박!
그놈이 그놈인지라 쉬 멈추지를 못한다.

아들과 아비_천방지축 아들과 좌충우돌 아빠, 개념 없는 두 남자가 만났다. 싸우다가 장난치고, 소리지
르다가 또 웃고. 나이듦을 거부하는 닮은꼴 부자지간.

그렇게 잡아먹을 것처럼 하다 한순간 죽이 맞으면 다시 희희덕거
리며 장난을 친다. 어떻게 하면 아이가 웃는지 알고 있으니 그 기분
을 맞춰주는 것은 어렵지 않다. 아이의 행동에 화를 내는 일만 없다
면 마냥 즐거운 날들만 이어질 것이다. 하지만 그렇지 못하니 화를
내고 싸움도 하는 것이고 그 모습을 보고 마님이 가관이라 말하는

것도 이해가 간다.

병 때문에 성장을 멈춘 아이와 과거에 웅크리고 나오지 않고 있는
데다 그런 아이와 함께 살아가다 보니 함께 성장이 멈춰버린 어른.
철딱서니 없는 두 남자 때문에 우리 집은 조용할 날이 없다. 그래도
즐겁다. 웃으며 살아도 모자란 날들을 화내고, 짜증 내면서 힘들게
지내고 싶지는 않다. 아이와, 아이나 매한가지인 어른은 그래서 더
욱 정신도 없고 늘 소란을 떨며 지내고 있다.

학교가
아이에게 맞춰주지 못할 때

한동안 학교에서 한빛이가 소동을 좀 일으켰던 모양이다. 정확한 상황을 몰라 수위를 가늠하지 못하겠지만, 때리고, 소리 지르고, 수업에 방해가 되는 일을 빈번하게 했던 것 같다.

선생님에게서 문자가 왔다.

"아무 이유 없이 소리 지르고 떼를 쓰는 일이 있나요?"

문자를 받고 곰곰이 생각해본다.

'정말 아무 이유가 없이 그랬을까?' '그런 행동을 집에서도 한 적이 있었나?'

생각해보니 아이가 그런 행동을 한 적이 있었고, 정말 아무 이유가 없었다. 물론 이것은 어른인 내 입장에서 내린 결론이다. 한빛이에게는 나름대로 어떤 이유가 있었을지 모른다. 하지만 녀석이 그것을 표현하지 못하고 우리는 그 생각을 헤아리지 못하니, 아무 이유가 없는 것이라 할 수밖에 없다. 그러나 답은 그렇게 보내지 않았다.

"아무 이유가 없는 행위는 없습니다. 가끔 이해할 수 없는 행동을 하기는 하지만 이유는 있었을 겁니다. 자신이 하고픈 것을 못하게 하거나, 아니면 알아주지 못했을 경우 그렇습니다."

결국 문제는 사태를 이해하는, 접근 방식의 차이라 할 수 있겠다.

선생님은 다른 많은 아이들을 함께 지도해야 하니, 한 사람(한빛)을 특별히 더 신경 써서 보살펴달라는 것은 무리한 요구일 수 있다. 하지만 문제가 생겼을 때 사람들은 대부분 문제를 일으키게 된 배경, 원인을 찾기보다는 손쉬운 해결책만 구하려 한다. 언제나 아이의 문제 행동에만 집중하는, 곧 문제 행동 자체를 문제 삼는 식으로 접근하다 보니 격리나 배제를 해결 방법으로 삼게 된다.

눈높이를 아이에게 맞추려면 시간도 많이 들고 다른 아이들에게 크든 작든 피해를 줄 수 있기 때문에, 해결 방법을 구하는 과정에서 제외되는 일이 많다.

그 뒤로 어떻게 결론을 냈는지는 듣지 못했다. 하지만 한빛이가 문제를 일으키고 있다는 이야기가 계속 나오는 것을 보면, 학교(혹은 교사 개인)가 문제의 원인을 밝히고 그에 맞는 방법을 찾는 식의 근본적인 대처 능력을 키우는 것이 아니라 문제를 무시하는 방향으로, 당장의 상황만 모면하는 식의 땜질용 처방만 내놓고 있음을 짐작할 수 있다.

아무튼 한빛이 문제에 학교는 손 놓은 채 무대책이었는데 한빛이가 스스로 치유해나가면서 일이 마무리되었다. 시간이 해결을 해준 셈이다(물론 이것도 다른 조치가 취해졌다는 이야기를 듣지 못해 나 혼자 어림짐작한 것일 뿐이다). 그러나 이 과정에서 학교가 모든 것을 시간에 맡긴 것은 적절하지 못하다. 장애를 제대로 이해하려는 노력을 기울이면서 접근을 해야 하는데, 그러하지 못했다는 것은 (비약이라고 할 수 있겠으나) 아이를 엄연한 인격체로 보지 않았다는 것이다.

문제 행동의 이유를 알 수 없는 것으로만 여긴다는 것은 해결을 위한 방법을 찾는 것을 포기하는 결과로 이어질 것이다. 아이들의 행동에는 그에 따른 이유가 존재한다. 장애를 가진 아이라 해도 마찬가지다. 그런데 장애가 있다고 해서 일어나는 행동의 원인을 찾으려는 노력 없이 결과만 놓고 이야기한다면 모든 문제를 같은 방식으로 접근하게 될 것이다.

단지 장애 때문에 배려라는 이름으로 교실의 구석에 배치하거나, 아무것도 할 수 없을 것이라는 선입견으로 기회를 주지 않거나, 수업에 방해가 된다고 복도로 내몰거나 혹은 특수 학급으로 보내거나, 문제 행동을 했다고 체벌을 한다. 이 모두가 학교 현장에서 현재 진행형으로 벌어지는 일이다.

장애를 가진 아이 개인에 맞춰 교육 내용이나 전달 방식, 학급 운영까지도 새롭게 고민해서 만들어내고, 문제 행동이 생겼을 때도 그것이 지속적으로 반복되는 행동인지 아니면 돌발적이고 일회적인 행동인지를 판단해 그에 맞는 대응책을 만들어가고, 치료가 필요하다고 판단되면 심리 치료와 행동 치료 등을 지원해주어야 한다. 말로만이 아니라 진정한 의미의 통합을 학교 안 모든 구성원들이 추구

한다면 지금보다 훨씬 나은 환경에서 통합 교육이 펼쳐질 수 있을 것이다.

　하지만 이것도 내 바람일 뿐, 이런 일이 되풀이되면 어떻게 해결할지 나 스스로도 아직 답을 찾지 못하고 있다. 어쩌면 나 또한 시간이 해결해주기만을 바라는 것은 아닌지…….

따로 또 같이,
우리 가족의 1박 2일

한빛이가 다니는 복지관에서 캠프를 간단다. 그래서 한빛이도 캠프에 보내기로 했다.

학교 빼먹는 것은 어쩔 거냐고? 학교 수업보다 장애 아동과 비장애 아동이 함께하는 통합 캠프가 한빛이 교육에는 더 낫다(필요하다!)고 생각한다. 그러니 고민할 것도 없다.

한빛이 몸 상태는? 최근 아이의 몸 상태를 보면 어디 보낸다는 것이 걱정되어 내키지 않는 점도 있다. 그래도 이번 캠프와 같은 경험은 자주 해보는 것이 좋다고 생각해왔고, 믿을 만한 사람들이 같이 가는 자리이니 보내기로 한 것이다.

물론 학교에서 배우는 것이 있고, 학교 밖에서 배우는 것도 있다. 이는 모든 아이들에게 적용된다. 하지만 장애를 가진 아이들은 학교 밖에서 배우는 것이 더 많은 것 또한 인정할 수밖에 없는 현실이다. 우리는 장애를 가진 아이들이 세상과 더 많이 접촉하여 다양한 경험을 해보는 것이 책에 묻혀 지내는 것보다 훨씬 많은 것을 배울 수 있

다고 믿고 있다. 게다가 이런 기회가 자주 오는 것이 아니라서 이야
기가 나오자마자 보내기로 결정을 하고 달력에 빨간 동그라미로 표
시까지 해두었다.

한빛이가 집을 비운다는 것이 확정되자 마님도 1박 2일 여행을 준
비한다. 인천에서 가까운 섬에 간다고 한다.

"놀러 갈 건데 생각 있으면 같이 가고. 아님 말고."

짤막하다. 다른 말이 없다. 한빛이 준비물을 챙기고 나서 자기 가
방도 미리 싸둔다. 나는 마님의 여행에 동행하지 않기로 했다. 안 그
래도 마님이 요즘 영 기운 없이 지내는 것 같았는데 여행이라도 다
녀오면 좀 나아지겠지 하는 마음도 있었고, 나도 때마침 다른 약속
이 있으니 각자의 시간을 가지는 것이 좋겠다 싶었다.

그나저나 얼마만의 자유 시간인가!

월요일, 캠프를 가는 아침에도 한빛이는 여전하다. 풀썩 쓰러져
정신을 차리지 못하고 비실대고 있다. 이런 녀석을 보내야 할지 고
민이 드는 것도 사실이지만, 보내기로 했으니 고민은 그쯤에서 접었
다. 얼른 짐을 챙겨 들고 복지관으로 갔다. 아직 아무도 오지 않은
교실에 아이를 덩그러니 혼자 두고 나왔다. 어디를 가는지, 무엇을
하는지 관심도 없는 녀석을 그렇게 선생님들에게 맡기고 뒤도 돌아
보지 않고 나왔다. 잘 하리라 믿으면서…….

마님도 챙겨둔 가방을 들고서 여행을 떠났다. 나도 준비를 한다.
어디 여행을 가는 것은 아니지만 약속이 있으니까. 우선은 약속을 다

시 확인한 뒤에 청소도 하고 장도 보면서 해가 떨어지기를 기다렸다. 한빛이가 우리에게 주는 휴가인 셈인데 대충 보낼 수는 없다. 마음 편히 만날 수 있는 어린 양(?)을 꼬드겨 술이나 한 잔 할 생각이다.

함께 어울려 이야기 나눌 편한 후배들에게 만나자고 청하니 선뜻 응해준다. 머릿수를 늘리기 위해 함께 일하는 사무실 친구들도 불러냈다. 두런두런 이야기를 하다 보니 벌써 아침 해가 밝아온다. 피곤하긴 해도 이렇게 만나서 이야기할 수 있는 것도 행복이다. 일 이야기, 사는 이야기를 나누며, 술이 돌고, 이야기가 이어지고…… 후유증? 그런 것을 미리 걱정하면 아무것도 못한다. 하지만 몸은 정말 예전 같지 않다. 그래도 기분은 정말 좋다.

그렇게 황금 같은 시간을 세 사람 모두 즐겼다. 이런 기회가 자주 생기는 것이 아니니, 주어졌을 때 잘 활용을 해야지…… 암만.

한빛이는 걱정하던 대로 경기를 심하게 해서 선생님들께 걱정을 끼쳐드리기도 했지만, 잘 놀고, 잘 먹고, 등산도 했단다. 집에 와서는 피곤한지 곤하게 잔다. 다음날도 여느 때 같으면 새벽같이 일어나 퍼덕대며 돌아다닐 녀석이 7시가 넘어도 일어날 생각을 않는다.

우리가 살아가는 방식이 좀 특이하다는 말을 많이 듣는다. 그 이유가 이번처럼 기회가 주어지면 서로 기다렸다는 듯이 제각각 시간을 보내면서 자유를 만끽하고, 아이와 함께 무엇을 하더라도 장애에 구속받지 않고 자유롭게 생활을 하기 때문이다.

녀석이 또 캠프를 가면 좋으련만…….

3학년도
절반이 지났다

매년 한빛이가 달라진 모습을 보여주기를 기대하지만 녀석은 늘 우리의 기대를 배반한다. 기대와 현실은 차이가 있기 마련이지만, 우리의 욕심과 한빛이의 상태는 하늘과 땅만큼 크다.

또 한 학기를 마쳤다. 벌써 3학년을 절반이나 보낸 것이다. 시간은 정말 쏜살같이 흐르는데, 한빛이가 속한 세상은 시간의 흐름과는 담을 쌓은 듯하다. 아이의 상태는 여전히 고만고만하며, 차이가 있다면 단지 말을 알아듣는(눈치로 때려잡는 것까지 포함해서) 일이 늘어나 소통에 숨통이 트였다는 것이다. 여기에 더해 학교에 다니면서 많은 아이들이 한빛이를 알아보고 다가와 인사를 하는 것도 변화라고 할 수 있다.

어차피 말이 통하는 그런 관계가 아니니 아이들도 답답하기는 나와 같을 것이고, 그런 상태에서 기다림에 익숙하지 않은 아이들이 할 수 있는 것은 지금 정도에서 크게 벗어나지는 않을 것이다. 아이들과 한빛이의 관계를 유지하고 발전시키는 것은 어른들의 몫이 될 것인데, 안타까운 것은 아직 우리 사회에서 어른들이 제 역할을 하는 것을 기대하기가 힘들다는 점이다. 공부로만 내몰리는 아이들의 머리와 가슴에 장애를 가진 친구가 얼마나 오랜 시간 남아 있을지……. 그렇다고 억지로 붙들어 앉혀놓고 '너희가 보살피고 돌봐야 하는 아이'라고 할 수는 없는 노릇 아닌가.

녀석이 큰 사고 없이 잘 지내는 것만도 사실 우리가 보기엔 대단한 일이다. 집에서와는 달리 밖에서는 경기도 거의 하지 않는 것도 우리의 걱정을 덜어준다. 이제는 야단맞을 짓을 하면 슬금슬금 잘못을 반성하듯이 눈치도 보고, 성질부리는 것도 줄어들었다. 또, 저 하고 싶은 것은 손잡아 끌면서 해달라고 요구도 하고, 안 되는 일이라고 단호하게 이야기하면 포기도 할 줄 아는 정도가 되니 지내기도 훨씬 수월하다. 종일 컴퓨터에 들러붙어 떨어지지 않던 녀석이 이제는 어느 정도 하다가 슬그머니 나와서는 다른 것에 잠시 관심을 보이거나 장난을 걸어오기도 한다.

환경이 한빛이를 변화시킨 것이다. 자신에게 관심을 보이는 친구들이 늘 곁에 있고, 복지관에서는 선생님들이 꼼꼼히 관찰하면서 지도를 해주시고, 집에서도 되는 것과 안 되는 것에 대해서 이야기를 해주는 엄마 아빠가 있다.

이전에는 녀석이 잘못한 일이 있어서 야단이라도 칠라치면 더 악악대면서 대들곤 했는데 이제는 눈치가 10단이다. 상황 파악을 하면서 순순히 잘못을 인정하고 풀 죽은 목소리로 대답을 하곤 한다. '가

증스런 녀석 같으니라고.'

힘들고 어렵게 보낸 시간들이 아이에게 보약으로 작용하길 바란다. 더디게 가기는 해도 그런 경험들이 하나둘 쌓여가고 조금 더 성장을 해서 다른 사람들과 어울리는 데 도움이 될 수 있으면 좋겠다.

세상을 살아가는 데 대인 관계만 잘 형성해놓아도 부동산이나 예금 통장보다 더 든든한 지원군을 갖는 셈이 된다. 또한 인간은 자신의 삶과 살아갈 환경을 스스로 판단해서 결정하는 자기 결정권을 행사해야 한다. 하지만 대인 관계를 잘 형성하는 것도, 인간으로서의 당연한 권리를 행사하는 것도 발달 장애(지적 장애, 자폐증)로 고통받는 아이들에게는 말처럼 쉬운 일이 아니다.

사람 사이의 관계를 만드는 어울림이란 서로를 얼마나 이해하고 수용할 수 있는가에, 서로간의 의사소통이 원활한가에 달려 있다. 하지만 한빛이처럼 발달 장애아에게 다른 사람에 대한 이해를 기대하기는 어렵다. 신체적·정신적 발달이 제 나이보다 늦은 발달 장애인들은 언어를 이해하고 사용하는 데 어려움을 겪기 때문이다. 인간 사이의 의사소통의 가장 큰 부분인 언어를 제대로 이해하고 구사하지 못한다는 것은 사물과 세계에 대한 '전반적인 이해'가 불가능하다는 것이고 자연히 다른 사람과의 관계 형성도 힘들어진다.

그러니 이런 아이들에게 책이나 이론으로 어울림을 가르쳐봐야 아무런 효과가 없다. 장애를 가지지 않은 사람에게 관념적으로 이해하라고 해봐야 소용이 없다. 그보다는 서로 부딪칠 수 있게 경험할 수 있게 해주어야 한다. 그 과정에서 장애를 가진 아이를 대신(대변)

해줄 사람, 즉 의사소통을 도와줄 사람이 늘어날 수 있을 것이다. 그런 사람들이 많을수록 장애를 가진 아이들도 사람들과 어울려 지내기가 훨씬 수월해지고 사회 속의 구성원으로서 함께할 수 있는 부분들도 많아질 것이다. 그렇게만 된다면 세상을 살아가는 데도 별 문제가 없지 않을까?

그런 풍부한 인간관계를 형성하려면 더 많은 경험이 필요하고, 그러려면 몸이 어느 정도 따라주어야 하는데 그게 걱정이다.

언제나처럼 우리는 이놈이 충분히 잘할 수 있을 것이라는 다소 근거 없는 믿음을 가지고 있다. '돌쇠' 같은 녀석의 체력을 믿고 길게 보고 가다 보면 어느 순간 우리가 원하는 그곳에 도달해 있지 않을까 기대하면서.

가을을 기다리며

　여름의 한가운데로 가면서 한빛이가 힘들어하는 기색이 역력하다. 경기도 심해지고 정신을 차리지 못하는 시간이 길어진다. 몸 안에 쌓여가는 열 때문에 몸은 뜨겁게 달궈지고, 내리쬐는 땡볕에 기운이 다 빠지는 모양이다. 땀을 흘리면 몸의 열이 조절되겠지만 그렇지 못하니 몸은 몸대로 뜨겁고, 더위 때문에 활동을 할 수도 없으니 다른 때보다 힘이 몇 배로 더 든다.

　우리야 매년 여름이면 경험하는 일이니 담담하게 받아들이지만, 사정을 모르는 사람들은 아이의 몸이 뜨거운 것을 보고 걱정이 많겠다며 위로해준다. 한빛이 몸에 열이 쌓이는 것은 경기 약 부작용 때문이다. 경기 약을 한 번에 다섯 가지를 먹고 있는데, 그중 하나가 변비를 일으키고 땀을 배출하지 못하게 하는 것이다. 그런 이유로 여름이면 체온과는 무관하게 몸 안에 열이 쌓여 아이가 더 힘들게 지낸다.

　경기 때문에 약을 먹는데, 그 약이 아이를 힘들게 하니 엎친 데 덮

변신 전과 후_경기를 하며 넘어갈 때 머리를 보호해줄 수 있지 않을까 해서 머리를 길러주었다. 그런데 아이가 긴머리를 귀찮아 하는 것 같아 다시 짧게 잘라주었다. 어리게만 보이더니 불쑥 자란 느낌이다.

친 격이다. 그렇다고 약을 끊을 수도 없고…….

땀을 흘리지 못하는 녀석은 등까지 내려오는 치렁한 머리카락이 답답한지 자꾸 머리를 긁는다. 마님도 제대로 간수하지 못할 거면 자르자고 성화를 하던 참이라 눈을 질끈 감고서 아이의 머리를 정리하기 위해 가위를 들었다.

머리를 잘랐더니 어리게만 보이던 녀석이 갑자기 성숙해졌다. 처음 보았을 때는 영 어색하더니만 이제는 짧은 머리가 익숙해졌다. 아쉬운 마음에 처음에는 단발로 잘라줬더니 그것도 귀찮은지 녀석의 손이 자꾸 머리로 가길래 보다 못해 아주 짧게 깎아줬다.

길게 치렁대며 다닐 때는 여자아이 같이 보이더니 짧게 정리를 하고 나니 이제는 제법 사내아이 같다. 학교 선생님들은 전혀 다른 아이 같아 어색하고 이상하다고 그러고, 복지관에서도 깜짝 놀라며 한 마디씩 한다. 다른 엄마들은 이제야 남자 같다면서 잘 생겼다고 머리를 쓰다듬어준다.

더위 때문에 힘겨워하는 녀석이 안쓰러워 집에서라도 시원하게 해주려 한다. 그래서 집에 들어오면 에어컨을 켜고 벌거벗고 지내도록 한다.

타잔이 따로 없다.

내가 웃는 게 웃는 게 아니야

아침마다 나 자신에게 물어본다.

'지금 내가 무슨 짓을 하고 있는 거지?'

아이는 아침마다 경기를 심하게 한다. 정신도 차리지 못하고 제대로 서지도 못하고 있다. 어느 날은 고개도 들지 못하고, 침을 흘리면서 정신이 완전히 다른 곳에 가 있기도 한다. 그런 녀석을 약속을 이유로, 일정을 이유로 학교에 질질 끌다시피 데리고 가서는 교실에 밀어 넣고서 얼른 교실 문을 닫는다. 돌아서 나오는 길에 항상 묻는다.

'내가 정말 아이를 위해 이러고 있는 걸까?'

내가 아이를 위해 이러고 있는 것인지, 아니면 나 자신을 위해 이러고 있는 것인지 모르겠다.

한빛이는 집 밖에서는 경기를 거의 하지 않는다. 밖에서는 사람들에게 자신의 모습을 보여주기 싫다는 듯이. 대신에 집을 나서기 전과 다시 집에 돌아온 후에 몰아서 경기를 한다. 그때는 거의 실신 상태라고 해도 될 정도다. 그래서 다른 사람 손에 아이를 맡기는 것을 쉽게 생각하지 않는다. 가능하면 곁에 두고 눈으로 확인을 해야 속이 편하기 때문이다.

자의적 판단이지만, 이 녀석은 위험한 것이 분명하므로 함께 지내는 시간 동안 서로에게 족쇄 아닌 족쇄가 된다. 아이의 몸 상태가 좋지 않으니 아이에게 하지 말라는 게 많아져 내가 아이에게는 족쇄가 되고, 아픈 아이로 인해 나 또한 시간을 내기가 어려우니 아이가 나에겐 족쇄가 되는 것이다. 그러니 우리는 서로에게 감옥인 셈이다.

아이를 돌보면서 오후에는 시간 내기가 정말 힘들다. 저녁 8시부터 10시까지는 전화도 안 받는다. 하지만 그런 사정을 뻔히 아는 사람들이 가끔 속을 뒤집는 말을 한다.

"오늘은 중요한 일이 있으니까 활동 보조를 사용하고 나오면 안 되냐?" "다 같은 입장이고 시간 내는 것은 다 같이 어렵다."

전후 사정을 모른다면 이해를 하겠지만 이미 사정을 다 아는 처지에 그런 말을 들으면 기운이 빠진다.

'다 같은 입장이라고?' '다른 아이들도 한빛이처럼 하루에 열 번이 넘는 대발작을 일으킨다고?' '다른 아이들도 땅에서 발이 떨어지지 않는 상태로 지내고 있다고?'

나나 한빛이가 처한 환경이나 상태를 보고 이야기를 해야 하는데, 장애를 가진 아이나 그 부모가 모두 동일한 조건에 놓여 있다고 이야기를 하니 화가 날 때가 종종 있다. 마치 내가 핑계나 대면서 빠져

나가려는 것처럼 보이기 때문이다.

사람들은 내가 웃으면서 이야기하는 아이의 일상을 웃으며 흘려버린다. 그것이 얼마나 무겁고, 힘겨운 이야기인지 헤아려주지 않는다. 이야기하는 사람이 웃으며 이야기하면 심각한 이야기가 아닌 것으로 여긴다. 겉으로 드러나는 표정만 볼 뿐 그 이면의 고통이나 아픔을 보려 하지 않는다. 그렇다고 심각하게 인상을 써가면서 이야기하고 싶지는 않다. 장애아를 둔 모든 부모들이 고만고만한 일상에 갇혀 지내고 있기는 마찬가지이니 말이다.

그렇게 서로의 사정이 비슷하다 보니 다른 아이의 이야기를 들어도 그것이 얼마나 위험한 상태인지를 제대로 인식하지 못한다. 물론 내가 건성건성 말하는 것도 문제일 수 있다. 하지만 눈물을 보이며 이야기하지 않아도, 땅이 꺼지도록 한숨을 쉬며 이야기하지 않아도, 말하는 방식을 보지 말고 그 말에 담긴 내용을 보면서 공감을 해주었으면 하는 것이 내 바람이다.

누군가 자기 아이 이야기를, 그것도 심각하게 아픈 아이 이야기를 실실 웃으면서 아무렇지도 않은 것처럼 이야기하더라도, 어떻게 그럴 수 있냐고 물어보지 말고, 그냥 이런 사람도 있구나 하면서 이해해주면 좋겠다. 정말 그런지 의심스럽다는 표정으로 고개를 외로 꼬면서 눈꼬리를 추켜올리지 말았으면 좋겠다.

여전히 나는 아이의 상태가 심각하다는 말을, 오래가지 못할 것이라는 말을, 매년 시한부 삶을 선고받으며 살아가고 있다는 말을 웃으며 한다.

늘 정색을 하고 심각하게 인상 써가면서 이야기하는 것은 솔직히 내 생리에 맞지 않다. 어색하고 무엇보다 나 자신에게 가식적인 것 같다. 또 그런 말 때문에 분위기가 가라앉는 것을 내가 못 견뎌 하는 것도 있다.

하지만 '내가 웃는 게 웃는 게 아니'라는 유행가 가사도 있지 않은가? 내가 농담처럼 가볍게 표현했다고 농담인줄 알았다고 한다면 말 그대로 '대략 난감'이다.

매일 무겁게 옮기는 걸음에 눌려 아프다.

정신없다!
정신없어!!

하루에 벌어진 일치고는 많은 일이 연달아 일어났다.

아침에 경기를 한 뒤 시들시들한 녀석을 우겨 넣듯 학교에 데려다 주고 바로 병원으로 달려갔다. 난치성 질환인지 확인서도 받아야 하고, 상담도 받아야 하고…….

'레녹스 가스토 증후군.' 지금까지 별 관심도 없었고, 알려는 생각도 하지 않았던 아이의 병명이다. 일전에 병원에서 희귀 난치성 질환자 등록을 하니 한빛이도 등록을 해두라는 권유를 받으면서 알게 되었다. 부모가 아이의 병명에 관심을 기울이지 않는다는 것이 이상하게 보일지 모르지만 정말 우리는 관심이 없었다. 한빛이가 크고 작은 일로 병원 가는 일이 많고 그때마다 좋은 이야기를 듣지 못하다 보니 살아 있다는 사실만으로 늘 감사하면서 지내왔다. 그래서 병명 같은 것은 애당초 궁금해 하지도 않았다. 안다고 해서 달라질 것도 없고 모른다고 더 나빠지는 것도 아니니, 머릿속은 지금 상태를 유지하겠다는 생각뿐, 그깟 병명쯤은 나중에 알아도 그만이라고 생각했다. 참으로 어려운 이름을 듣고서 이런 병이구나 하는 정도의 반응을 보이니 의사는 늘 그렇듯이 고개를 끄덕이고 만다.

한빛이를 빼고 어른들끼리, 그것도 멀쩡한 어른들끼리 아픈 아이를 두고 이야기를 나눴다.

"어때요?"

"크게 변화는 없고요. 달라진 거라면 소리 없는 경기를 합니다."

"어떻던가요?"

"슬그머니 누워 정신을 완전히 놓는데 소변 실수를 합니다."

"참 어렵네요."

"바람 빠진 풍선 인형처럼 흐느적대는데 이게 더 위험한 게 아닌가 싶어 신경이 쓰입니다."

"10월경에 약이 들어오는 게 있고 몇 가지 더 신약이 나온다니 기다려봐야죠. 당장은 변화를 줄 것이 마땅치 않아요."

그것으로 끝. 더 이상 이야기를 해봐야 새로운 것이 없다.

병원에서 작성해준 서류를 받아 들고서 건강보험공단으로 달려가서 난치성 질환자 등록을 하겠다고 하니 그냥 두고 가란다. 이런 허무한 일이 있는지……. 그냥 두고 가도 되냐고 다시 물어보았다. 등록 심사를 하고 결정되면 연락을 주겠단다. 아니 그럼 뭐 하러 사람을 오라 가라 하는 건지……. 그냥 팩스로 받아보면 될 일을 가지고 말이다. 암무튼 덕분에 시간은 절약했다.

어어 하다 보니 벌써 점심시간이다. 부랴부랴 약국으로 갔다. 남은 약이 여유가 없다. 서둘러야 시간을 아낄 수 있으니 내달릴 수밖에. 약국 문을 열고 들어서니 약사가 인사를 건넨다.

"이번 주에 오시겠지 하고 있었는데 오늘 오시네요."

"약이 간당간당합니다."

서둘러달라는 부탁을 그렇게 하자 웃으면서 답한다.

"내일 저녁에 찾아가실 수 있도록 해보겠습니다."

"그러면 감사하지요."

그리고는 그동안 미뤄둔 담임선생님과의 면담을 위해 학교로 갔다.

"자꾸 이러시면 제가 노선을 바꿀 수 있습니다."

지난 4월, 시험 때문에 내가 문제를 제기했을 때 담임선생이 했던 말이다. 그 말의 의미도 알고 싶고, 그 뒤로도 한빛이가 시험에서 완전히 배제되고 있던 터라 만나 뵙고 이야기를 하고 싶다고 했더니 그러자고 해서 성사된 면담이다.

교실에 들어서자 담임은 의자를 내밀며 무슨 일이냐는 듯 쳐다본다. 인사말은 생략하고 바로 본론으로 들어갔다.

"아이를 시험에서 배제하는 것은 인정하기 어렵습니다. 설령 결정이 그렇게 나더라도, 일방적으로 통보하는 것이 아니라 결정하는 과정에 함께 참여할 수 있도록 해주셔야지요. 다른 아이들 시험에 방해가 된다는 것도 인정하기 어렵지만, 그렇다고 무조건 입실을 막는 것은 용납할 수 없습니다."

그런데 담임이 대꾸도 없이 가만히 듣고만 있으니 내가 딱히 대응하기가 어렵다.

"앞으로 남은 시험에서는 아이가 참여할 최소한의 방법을 제시하고 그것이 제대로 먹히지 않을 경우 교실 밖으로 내보내면 좋겠습니다."

"그렇게 하겠습니다. 하지만 교실에서 소란이 일어나면 아이를 내보내더라도 이해하셔야 합니다."

"시험이 중요한 것이 아니라 그런 분위기도 체험을 할 수 있다는 것이 중요합니다. 그런저런 체험들이 쌓여 경험이 되고, 변화의 단초로 작용할 수 있으니 그렇게 하면 좋겠습니다."

거기까지다. 다 인정을 하고 방법도 함께 만들겠다니 뭐라 할 말이 없다. 담임선생이 노선 이야기를 다시 꺼냈어야 작정하고 찾아간 속풀이나 좀 했을 텐데…….

다시 장을 보고, 복지관으로 내달리고, 집에 도착해서 넘어간 녀석을 추슬러서 밥 먹이고 나니 일과가 끝이다. 오늘 같이 휭휭 다녀야 한다면 그냥 하루 놀고 말겠다 싶을 만큼 덥고 짜증 나는 하루였다.

느긋하게,
흐르는 대로

한빛이는 복지관을 다닌다.

복지관은 방학 동안 종일 아이들을 봐주는데, 부부가 모두 일을 하는 경우는 물론이거니와 부부 가운데 한 사람이 가사와 육아를 전담하는 경우에도 이런 보육 시설은 꼭 필요하다. 나도 아침에 한빛이를 복지관에 데려다주고 늦은 오후에 찾아오니 전보다 더 많은 시간을 낼 수 있게 되어 요즘은 여기저기 불려 다니는 것이 일이다.

한빛이가 아이들과 잘 어울리며 생활하는 것을 보니 안심도 되고 좋다. 어느 환경이든 익숙해지기만 하면 바로 적응을 하는 녀석 덕분에 복지관이든 어디든 내가 특별히 신경 쓰는 일은 없다. 그보다는 경기를 시도 때도 없이 하는 것 때문에 걱정이다. 뒷목을 잡아 세우는 느낌을 받을 정도로. 아이에게나 나에게나 복지관을 다니는 것이 좋은 일이라 생각하며 위로해보지만 마음 한 켠은 무겁다.

힘든 날이 이어질 때는 누워 지내는 시간이 많고, 의욕도 보이지 않고, 뭐 하나 하려고 해도 시큰둥한 반응을 보인다. 어떻게 보면 녀석이 스스로 왕따를 만드는 것 같기도 하다. 이것저것 시켜보려는 주위의 노력은 자신의 마음에 들지 않으면 움직이지 않으려는 녀석에게 늘 외면을 당한다. 선생님들이 꼭 집어 표현은 하지 않지만 잠깐만 지켜보면 알 수 있다. 얼마 전에는 복지관에서 미술 치료를 하시는 선생님에게서 면담 요청을 받았다.

"한빛이가 조금만 하면 변화가 생길 것 같은데 어떻게 생각하세요?"

"우리는 그냥 지금처럼 삽니다."

내가 너무도 단호하게 말을 하자, 선생님은 잠시 머뭇거리다가 다시 말을 잇는다.

"한빛이가 의욕이 너무 없어요. 이런 경우 전문적인 학습을 통해 훈련을 해보면 좋을 것 같은데 집에서는 어떻게 하시나요?"

"우리는 따로 치료 같은 것을 하지는 않습니다. 그냥 주변 자연환경이 다 치료 도구가 되니 그렇게 나다니면서 보고, 느끼고, 익숙해질 수 있도록 보조만 해줍니다."

"그래도 전문적인 치료를 받으면 지금보다 좋아질 것 같은데요."

"그런 치료를 하다 보면 아이나 저나 스트레스를 받을 수밖에 없습니다. 우리는 그냥 즐겁게 생활하는 것으로 만족합니다."

"자연을 접하는 것도 좋은 학습이기는 합니다만……."

"서로 즐거우면 됩니다. 애써서 변화를 만들 생각은 없습니다. 장난치고, 싸우고, 화내고, 다시 장난치면서 웃을 수 있으면 그만이고

요. 가르쳐서 변한다는 것도 끝이 보이지 않는다면 그냥 모자란 대로 즐겁게 지내는 게 더 낫다고 생각합니다."

결국 아무것도 하지 않기로 했다. 이것도 아이가 아니라 어른의 결정이다. 이 결정이 옳은지 그른지는 알 수 없다. 하지만 아이가 장애를 가지고 살아가야 하고 그 끝을 가늠할 수 없다는 사실은 분명하다. 우리는 억지로 교육을 시킨다고 해서 뭔가 변화할 수 있으리라는 기대는 하지 않는다. 한빛이가 더 많은 것을 보고, 더 많은 사람을 사귀고, 더 많은 것을 느낄 수 있어서 그것들을 자신의 것으로 만들어간다면 그것으로 그만이라고 생각한다.

의무감이나 관념 때문에 무언가를 해야 한다는 의식이 우리에게는 없다.
그래서 우리는 지금 행복하다.
그래서 더 자유롭고, 편안하게 지금을 상대하는지 모르겠다.
그래서 더 느긋하게 흐르는 대로 몸을 맡기고 하늘을 볼 수 있는지도 모르겠다.

두 번의 여행

여름방학에 여행을 두 번 다녀왔다.

방학이 끝나기 전에 더 많은 곳을 다니고 싶었지만, 소소한 일들이 자꾸 생기기도 했고, 선뜻 나서기가 두려운 것도 조금은 있었다. 괜스레 나섰다가 아이가 우리 기대대로 움직여주지 않으면 서로 스트레스만 받고 돌아오는 것은 아닐까 하는 등등. 아무튼 온갖 생각들 때문에 더 많은 기회를 만들지는 못했다.

우리의 첫 여행지는 거제도였다.

한빛이는 바다에 들어가 짠 물을 마시기도 했고, 싱싱한 회도 먹어보았다. 다니면서 맛난 것도 먹고 구경도 했건만, 한빛이는 여기저기 돌아다니느라 피곤해서인지 자기 몸 상태는 신경 쓰지 않는다고 여긴 건지, 나와 마님에게 짜증을 내고 신경질을 부렸다. 결국 일정을 강행하는 것을 포기하고 서로 타협을 해서 아이가 많이 쉴 수 있도록 해주었다. 하지만 여행이란 것이, 타지에서 지낸다는 것이

첫 번째 여행지, 거제도_한빛이의 몸이 따라주지 않아 힘들었던 첫 번째 여행. 거제의 아름다운 바다에
산해진미도 아무 소용이 없었다. 장거리 여행을 해야 할지 말아야 할지를 고민했던 곳.

원래 아무것도 안 하고 있어도 피곤한 일인지라 움직임이 둔해지고,
행동반경도 점점 좁아졌다.

　2박 3일 동안, 몸이 말을 듣지 않으면 신경질은 기본이고, 먹는 것
도 거부하니 그게 더 큰 문제였다. 힘들어하는 녀석 때문에 한숨이
나다가도 산해진미를 앞에 두고서도 꼼짝하기 싫어 뒹굴고 있는 것
을 보면 화가 나기도 했다. 결국 바다에 들어가 한때를 보낸 것으로
만족해야 했다.

　두 번째 여행지는 태백이었다.
　친구가 살고 있어서 내려간 곳이었는데, 거제도에 비하면 한빛이

두 번째 여행지, 태백_한빛이가 비교적 잘 따라와주었던 두 번째 여행. 산에도 오르고, 야생화 밭도 가 보았다. 이 여행이 녀석에게 좋은 추억이 되었으리라 믿으며, 또 다른 여행을 욕심내게 했던 곳.

도 제법 잘 다닌 편이었다. 산에 올라 바람도 맞아보았고, 펼쳐진 풍경을 보며 기분도 내고, 내가 느끼는 것을 녀석도 느꼈는지는 모르겠지만 발아래 펼쳐지는 장관도 보면서 열심히 따라다녔다. 음료수로 달래고, 꼬드기고, 미니컴퓨터로 관심을 끌어가면서 비위를 맞춰주니 그제야 생기가 돌았다.

야생화 밭에 가서 꽃구경도 하고, 해바라기 밭에 들어가기도 하고, 숲에서 좋은 공기도 실컷 들이마시고, 산꼭대기 배추 밭도 보고, 하늘에 닿을 듯한 산 정상에도 올라가 음료수도 마시고, 학교 운동장에서 뒹굴기도 하면서 시간을 보냈다.

별 문제 없겠지 하는 생각으로 나선 첫 번째 여행은 우리들의 판단이 오판이었음을 절감하게 했다. 장거리 여행이 많이 힘든지 짜증에 심통까지 부리는 통에 좋은 기분으로 다니지는 못했다. 체력만큼은 어디 내놔도 자랑할 만하다는 생각이 이번 여행으로 여지없이 깨졌고, 우리는 선택의 순간을 맞았다.

하나는 앞으로도 장거리 여행을 하는 것이다. 힘들더라도 아이가 다른 환경에 적응하는 능력을 키워야 한다는 것이 이유다. 이렇게 할 경우 당분간은 아이에게 무리가 갈지도 모른다. 힘든 만큼 얻는 것도 많겠지만 어른들의 선한 의도가 아이를 더 힘들게 만드는 나쁜 결과로 이어질 수도 있다는 것을 명심해야 한다. 이것도 부모의 욕심일지는 모르겠지만, 얼마나 살지 모르는 아이에게 줄 수 있는 모든 것을 주고 싶은 게 솔직한 심정이다.

다른 하나는 그냥 지금처럼 집 근처만 맴돌면서 덜 힘든 생활을 유지하는 것이다. 이건 좀 그렇다. 아이가 경험할 수 있는 폭이 너무 제한되어 삶을 누릴 기회를 뿌리에서부터 잘라버리는 일인지라 선뜻 택하기가 어렵다. 내가 한빛이와 지내면서 가장 중요하게 생각하는 것이 다양한 체험을 할 수 있도록 돕는 것이다. 단지 체력 때문에 그렇게 못하는 것이 안타까울 뿐인데, 그 때문에 아이를 집 근처로만 묶어두면, 결국 자신이 경험할 기회가 그만큼 줄어드는 것이니 바람직한 선택이 아니다.

아직 선택을 하지 못했다. 욕심 같아서는 되도록 멀리 나가보고 싶다. 동강, 남해, 정선, 해남으로 쭈욱 돌고 싶은 마음이 굴뚝같다.

한빛이의 체력이 조금만 받쳐준다면 지금이라도 짐을 챙겨 나서고 싶다. 몇 년 만에 나선 여행인데 처음보다 두 번째가 좀 더 나아지니, 세 번째 네 번째 여행도 계속 해보고 싶어졌다. 체력도 자꾸 다니다 보면 단련이 되지 않을까 하는 다소 무모한 생각을 하면서 아이의 눈치만 보고 있다.

　가을에는 가을에 어울리는 곳으로, 겨울에는 겨울에 어울리는 곳을 찾아가봐야지. 하늘도 보이지 않는 깊은 숲에 들어가 뼛속까지 신선한 기운을 받도록 해야지. 더 맑고, 밝은 모습으로 지낼 수 있도록. 지금까지는 아이의 건강을 이유로 미루고만 있었는데 이제는 조금 더 용기를 내야 할 것 같다. 그래서 눈에, 마음에 가득 담은 풍경들이 아이의 세상에 자리하도록 해주고 싶다. 물론 녀석이 그만큼 견뎌줘야 가능하겠지만.

아이들에게서 듣다

토요일이다.

하늘은 잔뜩 찡그린 얼굴로 금방이라도 굵은 빗줄기를 뿌려댈 기세다. 학교를 마친 아이들이 우르르 몰려나오지만 학교생활에서 정해진 틀이 없는 한빛이는 천하태평이다.

학교에 막 도착을 하니 아이들이 선생님과 함께 내려오고 있다. 선생님에게 가볍게 눈인사를 하니 한빛이는 특수 교육 보조원과 내려올 것이라고 한다. 아이들과 인사를 하며 지나는데 한빛이와 어울리는 아이들이 몰려온다. 조금 지나 엘리베이터에서 한빛이가 내리자 아이들이 한빛이를 불러댄다. 그러자 이놈도 신이 나는지 목청을 높여 소리를 질러댄다.

일전에 교육방송의 '희망풍경'이라는 프로그램에 출연을 했었는데 어제 방송이 되었다. 한빛이가 텔레비전에 나온 것을 본 아이들이 궁금해 하면서 질문을 쏟아내기 시작한다.

"왜 텔레비전에 나왔어요?"

"응. 방송국에서 한빛이가 어떻게 지내는지 궁금하대서……."

"그럼 한빛이 연예인 된 거예요?"

"아니야. 한 번만 출연한 거야."

"너는 봤어?"

"아니요. 컴퓨터로 볼 거예요."

혜신이가 한빛이 손을 잡는다. 이 아이는 한빛이와 함께 걸어가면 늘 손을 잡아주곤 하는데 한빛이가 손을 뿌리쳐도 다시 잡아주며 걸어간다. 한빛이가 횡단보도에서 신호를 기다리다 침을 흘리고는 손으로 닦아낸다. 그 모습을 본 아이들이 '우와' 하고 소리를 지른다. 인상을 쓰면서 더럽다고 하던 혜신이는 신호가 바뀌자 다시 한빛이의 손을 잡고는 길을 건너간다. 이 아이는 어른들보다 장애를 더 잘 이해하고 있고 그것을 행동으로 보여준다.

"한빛이 이번 주에는 말썽 안 부렸어?"

대답이 아이마다 다르다. 그중 한 아이의 대답으로 이야기를 풀어간다.

"지난번에는 교실에서 책상을 엎었어요."

"왜? 아무 이유도 없이 그랬어?"

"네. 그냥 그랬어요."

"한빛! 책상 던졌어요?"

"네!" 우렁차게 대답을 하면서 환하게 웃는다.

"다음에 또 그러면 너희가 말려주라. 한빛이가 잘 몰라서 그래."

"네!!" 합창을 하듯이 대답을 한다.

"그리고요, 기운 없이 그냥 누워있기도 해요."

"그건 아침에 많이 아파서 그래. 너희가 잘 봐줘라."

"수업 시간에는 말썽 안 부려?"

"한빛이는 그냥 책 봐요."

"음악 시간에는 뭐 하는데?"

"음악 시간에도 책 봐요. 스티커도 붙이고, 엎드려 있기도 해요."

노래만 나오면 즐거워하는 녀석이 음악 시간을 그렇게 보낸다니
희한하다.

일단의 아이들과 헤어지고 아이 둘과 함께 가는데 뭐라도 주고 싶
다. 특히 혜신이는 다 퍼줘도 아깝지 않다.

"너희 고구마 좋아하니?"

"네."

"한빛이가 수요일에 학교 안 가고 고구마 캐러 갔다 왔는데 그거
나눠줄게. 우리 집에 들러서 가자."

그러자 혜신이가 한빛이 얼굴을 보면서 마치 대견하다는 듯이 눈
을 동그랗게 뜨며 놀랍다는 표정으로 물어본다.

"한빛, 고구마 캤어?"

한빛이가 웃음으로 대답을 한다.

그러자 혜신이가 한빛이 얼굴을 보며 눈을 맞추고 또 물어본다.

"응, 한빛, 고구마 캤어?"

그렇게 걸으면서 손을 놓지 않는 것을 보니 기분이 좋다. 자꾸 말

을 붙이려는 모습이 어지간한 어른보다 낫다. 집에 들러서 고구마를
나눠주자 밝게 인사를 한다.

"한빛, 안녕."

한빛이도 환하게 웃어준다.

이 아이들이 지금 이 마음을 그대로 가지고 성장해가면 좋겠다.
언제라도 한빛이를 보면 반갑게 인사를 하고 다가와 손잡아줄 수 있
는 그런 마음으로 자랐으면 더없이 좋겠다.

마음이 아프다

며칠 간격으로 한빛이가 머리에 상당히 심한 충격을 받았다.

경기를 하면서 쓰러져 바닥에 머리를 찧었다. 다음날, 아이가 뇌출혈 증상을 보여 잔뜩 긴장을 하고 있었는데 반나절쯤 지나자 조금 나아졌다. 병원에 가서 상담을 했는데, 의사 말이 머리에 충격을 받은 뒤 증상이 보이면 48시간 안에 치료를 해야 한다. 한빛이의 경우는 초기 증상이 나타나기는 했지만 아직까지는 심각한 상태가 아닌 것 같다고 조금 더 기다려보란다.

녀석이 시들시들한 모습으로 지내는 것이 걱정이다. 불안하기도 하고. 그래도 말을 알아듣고, 이것저것 하려고 하는 것을 보면 생각했던 것보다는 좋아 보인다. 다행이다.

그렇게 며칠이 지난 뒤, 복지관 앞에서 아이가 또 경기를 하다가 넘어가면서 하필이면 쇠기둥에 머리를 찧었다. 잔디에 들어가지 못하도록 박아둔 말뚝에 머리를 찧고 정신을 잃은 것이다. 1분 1초도 한눈을 팔지 못하게 하는 녀석이다. 지나가던 사람들이 더 놀란 모양이다. 걱정을 해준다.

"119에 연락을 해줄까요?"

"어떻게…… 정신을 못 차리는 것 같은데……."

"피 나는지 봐야 하지 않나요?"

"병원에 가봐야 할 것 같은데요."

머릿속이 복잡해지면서 그 짧은 시간에 여러 가지 생각이 떠오른다. 우선 뒤통수를 만져보면서 피가 나는지를 확인하는데 멀쩡하다. 이럴 때는 차라리 피가 나는 게 더 나은데……. 정신을 잃고 쓰러져 있는 녀석을 겨우 추슬러 끌어안고 깨어나기만 기다리는데 아득하다. 아주머니 한 분은 불편한 몸이라 도움을 주지 못한다며 발을 동동 구르며 나보다 더 안타까워한다. 그러면서 한빛이가 정신이 돌아올 때까지 곁에서 바라보고 있다.

"괜찮습니다. 경기를 하면서 쓰러진 겁니다. 좀 지나면 정신을 차릴 거예요."

"여기 복지관 다니나 봐요."

"네."

말을 주고받으면서도 눈은 아이를 바라본다. 차에 다시 앉히고 나니 정신이 돌아온다. "한빛. 어디보자." 하며 손바닥을 펴니 힘차게 마주친다.

심란하다. 종일 정신을 차리지 못하는 것도 그렇고, 덩치가 커지면서 경기를 하면 심하게 쓰러지는 것도 그렇다. 아이를 지켜주는 것이 점점 힘들어진다. 너무나 순식간에 벌어지는 탓에 어찌할 수 없는 그런 상황들이 늘어가고 있다는 것이 나를 더욱 힘들게 한다.

매번 아이에게 아무것도 해줄 수 없다는 것만 확인한다. 한숨이 절로 흐르고, 한순간 손을 놓았다는 것도 미안하고, 그렇게 정신을 잃은 녀석을 보면서도 손잡아주는 것 말고 달리 해줄 것이 없는 것도 화가 나고, 사람들의 걱정을 들으면서도 아무렇지 않게 이야기하는 나 자신도 용서가 안 되고, 그런 상황이 만들어졌다는 것도 그냥 넘길 수가 없다.

불안은 또 다른 불안을 낳는다. 돌이켜보면 이 불안은 한빛이의 삶의 시간을 첫돌, 5년, 8년, 그리고 13년이라고 마치 칼로 자르듯이 정해주던 의사의 말에 닿는다. 정말 그 말대로 지금이 끝인가 하는 생각이 들자 더 답답해진다. 올해 어느 때보다 힘든 시간을 보내면서 자꾸만 그런 생각이 든다.

늘 '여기가 끝인가?' 하는 생각을 가지고 살아간다는 것이 힘들다. 지금까지는 그럭저럭 버텨왔지만 요즘 들어 갑자기 경기 양상이 바뀌는 탓에 더 불안하다.

아이의 고통이 얼마나 클지는 가늠하지 못한다. 내가 그런 고통 속에서 지내보지 않았으니 감히 표현을 할 수 없다. 이 불안이 그냥 기우에 그치기만 바랄 뿐이다.

많이 힘든 날이다. 아이나 어른이나.

웃고 살기에도
시간이 부족하다

병원에 간다. 한 달에 한 번씩 가다보니 마치 끼니 챙기는 것처럼 일상이 되었다. 늘 그렇듯 큰 기대감은 없다. 얼마나 나빠졌는지 확인을 하는 차원이라는 것이 가장 적절한 표현일 것이다.

'신종 플루'로 인해 아이는 병원 출입 금지다. 병원에 환자가 없는 시간에 진료를 받으려다 보니 의사가 퇴근할 시간뿐이다. 그래서 볼일 다 보고, 의사가 퇴근할 시간 즈음해 느지막이 병원에 들어섰다. 대기 순번도 없고, 한가하니 이런저런 이야기하기도 좋다.

진료실 위치가 바뀌면서 간판도 간질센터에서 뇌경련센터로 바뀌었다. 바뀐 진료실에서는 페인트 냄새가 진동을 한다. 이런 데서 감옥살이 하듯이 종일 있어야 한다면 없던 병도 생길 것 같다.

의사와 마주하면 농담이 주를 이룬다.
"어떻게 지냈나요?"
이제는 인사치레라 여겨질 정도의 첫 질문이다.

웃어라_웃어라. 언제나 사진 속 이 모습처럼. 웃고 살기에도 시간이 부족하다. 짜증 내고 화낼 틈에 웃어라. 엉덩방아를 찧어도, 헛발을 디뎌도, 바람에 날리는 낙엽을 보면서도. 그 웃음 뒤에 행복이 온다.

"잘 지냈습니다. 경기를 심하게 하면서 머리를 부딪쳐 약간 걱정스러웠던 적도 있었고요."

이것도 형식적인 대답이다.

"어떤 형태인가요?"

새로운 형태에 대한 궁금증이다.

"그냥 선 채로 뒤로 넘어가는데 바로 곁에서도 잡을 수 없을 정도로 순식간에 일어나는 경기가 4~5회 정도였고, 머리에 심한 충격을 받기도 했습니다."

당시의 상황을 설명하는데 말투가 구경꾼 같다. 그리고는 다시 농담을 한다.

"한빛이는 머리 검사를 좀 해봐야 할 것 같습니다."

"왜요? MRI요?"

"아니요. 그렇게 심하게 넘어가고, 후유증이 있을 정도면 머리가 깨지고 피가 나야 하는데, 이놈은 그렇지가 않아서 어찌된 머리인지 알고 싶어서요. 쇠말뚝에 찧기도 했거든요."

내 농담에 의사 선생이 말을 받는데 농담이 아니다.

"일설에 의하면 경기를 심하게 하는 아이들은 뇌 두께가 남다르다는 이야기도 있기는 합니다."

그러면서 이전에 찍어둔 영상을 꺼내보면서 한마디 더 한다.

"한번 볼까요? 사진을 보면 이상이 있을 정도는 아니고 이 정도면 정상적인 편인데……."

의사 선생도 나도 웃음이 터진다.

힘든 시간 보내는 아이를 두고 아무렇지도 않게 말을 하는 아비나, 그 농담에 확인을 해보자는 의사나 독특한 정신세계를 가진 사람들이다. '신종 플루' 예방 접종을 한 것을 두고 또 한 번 가벼운 이야기가 오갔다.

"이놈은 걱정이 돼서 미리 접종을 했는데 더 똘똘해지던데요."

"거참, 희한하네. 예방 접종 때문에 병원 찾은 아이들이 많은데……. 열이 오르거나, 경기가 심해지거나, 일시적인 마비 증상이 일어나기도 하는데……."

"한빛이가 지가 돌쇠라는 것을 증명하려고 노력을 많이 하나 봅니다."

한참 농담을 주거니 받거니 하다가 본론에 들어간다.

딱히 처방이 없는 상태이다 보니 이야기를 꺼내기가 힘들다. 부모 입장에서 어떻게 손을 좀 써달라고 요청하기도 그렇고, 의사 입장에서 어떻게 해보자고 제안을 하기도 그런지라 딱히 길게 이야기할 것도 없다. 단지 다달이 변화를 체크하는 것 말고는 달리 방도가 없으니 말이다.

이쯤 되면 서로 한숨을 내쉰다.

"크게 변화가 있을 것 같지 않으니 약은 지난달과 같이 갑시다."

그렇게 이야기하는데 아니라고 약을 더 달라고 할 수 없는 노릇이다. 약의 양을 늘린다고 해도 후유증이 만만치 않으니 막무가내로 약을 조정하자고 할 수도 없다.

"알겠습니다."

그것으로 끝이다.

"조금 더 기다리면 신약이 나온다고 하니 기다리는 것 말고는 할 수 있는 것이 없네요."

벌써 몇 달째 듣고 있는 이야기다.

"기다리는 건 정말 잘합니다. 대신 지금의 상태를 유지시켜주셔야 합니다."

은근한 협박이다.

항상 느끼는 것이지만 부모로서 할 수 있는 일이 없다는 것에 무기력해지고, 나아가 자책과 자학을 하게 된다. 그런데 그렇게라도 하고 나면 속이 시원해야 하는데 더 힘들어하고, 짜증 내고, 화내는 일만 잦아졌다. 그래서 지금은 다 털어내고 웃으며 지낸다. 그런 마음을 아이가 알아주겠지 하면서. 나뭇잎이 바람에 날려도 웃고, 계단을 오르다 헛발을 디뎌도 웃고, 경기하고 쓰러져 정신을 놓고 있다 일어나면서도 웃는다. 웃을 일이 지천이다.

유쾌한 상담을 마치고 돌아 나오면서 또 웃는다.

이상한 보호자와 그 이상한 보호자에 동화돼가는 조금 덜 이상한 의사는 만나고 헤어질 때마다 웃음이 가득하다.

나에게는 꿈이 있습니다

우리는 지금 비록 역경의 시간을 보내고 있지만 나에게는 꿈이 있습니다.
내 꿈은 모든 차별이 사라지는 그런 세상에 뿌리를 내리고 있습니다.

나에게는 꿈이 있습니다.
넓고 푸르른 언덕에서 장애를 가진 아이들과 장애를 가지지 않은 아이들이 형제처럼 손을 맞잡고 나란히 앉게 되는 꿈입니다.

나에게는 꿈이 있습니다.
이글거리는 불의와 억압이 존재하는 이곳이 자유와 정의의 오아시스가 되는 꿈입니다.

나에게는 꿈이 있습니다.
내 아이들이 단지 몸이 불편하고, 정신이 불편하다는 것만으로 평가받지 않고, 인격으로 평가받는 나라에서 살게 되는 꿈입니다.

지금 나에게는 꿈이 있습니다!

나에게는 꿈이 있습니다.
지금은 지독한 차별주의자들과 무관심한 교육 관료들이 법과 원칙을
도외시하면서 참교육을 가로막고 있지만 모든 아이들이 형제자매처
럼 손을 마주잡을 수 있는 날이 올 것이라는 꿈입니다.

지금 나에게는 꿈이 있습니다!
골짜기가 돋우어지고, 산마다 작은 산마다 낮아지며, 고르지 않은 곳
이 평탄케 되며, 험한 곳이 평지가 되고, 모든 장애를 가진 이들이 바
라는 세상을 함께 보게 될 날이 올 것이라는 꿈입니다.

* 이 글은 마틴 루터 킹 목사의 유명한 연설 '나에게는 꿈이 있습니다I have a dream'
에서 빌려온 것입니다. 킹 목사에게 백인과 흑인의 평등과 공존이 꿈이었다면, 제게는 장
애인과 비장애인이 함께 숨쉬며 살아가는 것이 꿈이랍니다. 언젠가 제 꿈도 이뤄지는 날이
있겠지요.

최석윤

1963년 서울에서 태어났다.

레녹스 가스토 증후군을 앓고 있는 복합 장애 1급인 아들 한빛이의 돌보
미다.

참교육시민모임에서 활동했고, 함께가는 서울장애인부모회의 회장을 맡
아 교육, 노동, 자립 생활 등 장애인의 권리와 복지를 위해 애쓰고 있다.

시간을 삼킨 아이

2010년 4월 29일(초판 1쇄)

지은이 최석윤
펴낸곳 도서 출판 미지북스
       서울 마포구 서교동 332-20번지 402호(우편 번호 121-836)
       전화 070-7533-1848   전송 02-713-1848
       mizibooks@naver.com
       출판 등록 2008년 2월 13일 제313-2008-000029호
책임 편집 정미은
마케팅 이지열
출력 스크린출력
인쇄 제본 영신사

ISBN 978-89-94142-02-9   03810

값 12,000원